KEITAI
SHOUSETSU
BUNKO
SINCE 2009

イケメン不良くんは、

お嬢様を溺愛中。

涙鳴

STARTS
スターツ出版株式会社

イラスト／雪森さくら

「お前みたいな能天気(のうてんき)な女、守るとかマジ勘弁(かんべん)だわ」

　政治家である娘の私につけられた
　ボディーガード——矢神剣斗(やがみけんと)。
　恐(おそ)れを知らない強い人だけど、
　瞳(ひとみ)にどこか危(あぶ)ない光を宿(やど)してる。
　はじめは私にも冷たかったのに、
　そばにいるうちに知ったきみの本当の顔。

「無事(ぶじ)で……ほんと、よかった……」
「お前になにかあったら、俺の心臓(しんぞう)が止まるだろうが」

　危険な目に遭(あ)っても必ず助けにきてくれて、
　本当の強さを探して悩(なや)むきみを、いつの間にか——。
　私は、ほっておけなくなっていて……。

「これからも一生、俺に守られてな」

　気づいたら心にいたきみに、
　恋に落ちないはずがなかったんだ。

イケメン不良くんは、お嬢様を溺愛中。
登場人物紹介

ヒーロー

矢神 剣斗 (やがみ けんと)

高校2年生。不良校に通っていたが、警視総監の父親に金持ち学園へ強制的に転校させられ、愛菜を守ることに。ケンカばかりしていた一匹狼タイプ。愛菜のかわいさに振りまわされるようになってから、より波乱万丈な日々を送るようになる。

政治家の息子

安黒 雅 (あぐろ みやび)

愛菜の父と敵対する派閥にいる政治家の息子。なんだか怪しい雰囲気で……?

ヒロイン

森泉　愛菜
もりいずみ　あいな

高校2年生。父親が政治家の天然ふんわりお嬢様。幼いころに誘拐された過去があり、娘の身の安全を心配した親が、剣斗をボディーガードにつける。純粋で世間知らずだが、芯の強い一面もある。無防備なかわいさで剣斗を無自覚に煽ってしまう。

ヒロインの友人

光園寺　学
こうえんじ　がく

成績優秀な生徒会長。しっかり者で、愛菜のよき理解者。

花江　萌
はなえ　もえ

ロリータファッションが好きなおしゃれ女子。愛菜のことが大好き。

contents

Prologue 9

Chapter1
Episode1：24時間密着ボディガード 18
Episode2：面倒くせぇ女【side剣斗】 41
Episode3：過保護なナイト 45
Episode4：意外な一面 67
Episode5：変な女【side剣斗】 90
Episode6：新鮮な休日 103
Episode7：絶体絶命！ 海へのダイブ 118

Chapter2
Episode8：嫉妬の首輪 134
Episode9：抑えきれない感情【side剣斗】 148
Episode10：やっぱりきみが好き 152
Episode11：『大丈夫』の魔法 159

＊Chapter3＊

Episode12：デートで危機一髪！　174

Episode13：忍び寄る影　194

Episode14：海外の留学生　217

Episode15：危険なトライアングル　233

Episode16：黒幕の正体　262

Episode17：必ず見つけ出す【side剣斗】　273

Episode18：信じあう心　277

＊Epilogue＊　287

＊文庫限定特別番外編＊

Afterstory：彼女がかわいすぎる件について【side剣斗】　296

あとがき　308

Prologue

――高校2年生の5月。
　政治家の娘である私、森泉愛菜はお父さんの付き添いとして、あるパーティーに出席していた。
「森泉先生の娘さんか、美人になったね。ぜひ、うちの息子を紹介したいな」
　今日のパーティーは親睦会のようなものらしいのだけれど、こうしてお父さんの同僚の人たちがお見合いを勧めてくるから困る。
　いつもなら、お母さんがお父さんにエスコートされてパーティーに出席してるのにな。
　高校生になってからは社交界での振る舞いに慣れるため、こうして私がお父さんの付き添いを務めるようになっていた。
「私はまだ16です。それに将来、父を助けられるように今は勉学に励みたいと思っています」
　そう言って微笑むと、私は紺色のシフォンドレスの裾を軽く持ち上げて腰をかがめ、優雅にお辞儀をした。
　政治家の一族に生まれた私は、小さい頃から『淑女たるもの』が口癖の教育係の先生に、食事や会話のマナーをはじめ、語学をみっちり叩き込まれている。
　ほかにもこういった場で必要となる社交ダンスに、我が家主催で行う自宅パーティーなどでもお客さまをもてなせるようピアノやバイオリンも身につけさせられた。
　でも、こういうときの逃げ方ばかりは習わなかった。
「それでは、お父さま。こみいった話もあるでしょう？　私は外の空気でも吸ってきますね」

もう一度、話しかけてきたお父さんの知り合いにペコリと頭を下げてその場から立ち去る。
　そのまま迷わず足を進めて、こっそりバルコニーに出た。
　優雅なクラシック音楽と人のざわめきが少しだけ遠ざかった気がして、私はほっと息をつく。
　お父さんの大事なお仕事の仲間なんだし、しっかり対応しなきゃとは思うんだけど……。
「ああもお見合いを勧められると、断り続けるのもちょっと疲れちゃうっていうか……」
　バルコニーの手すりに手をついて空を仰ぐと、そこには満天の星が煌めいている。
「あ、綺麗……」
　思わず星に目を奪われていたとき――。
「森泉の娘だな」
　バルコニーの両側にある中庭に続く階段から、黒いマスクをかぶった男たちがぞろぞろと現れる。
「えっ、なに？」
　ただならぬ雰囲気に、喉がキュッと締まって声が出ない。
　そんな私に気づいたのか、男たちは威圧的な声で告げる。
「そうだ、静かにしていろ。騒がなければ、無傷で連れてってやる」
　そう言って、チラリと見せてきたのは拳銃だった。
　ど、どうしようっ。
　あれって、きっと本物だよね。
　私がそう断言できるのは、これまでにも政治家の娘だか

らと命の危険に巻き込まれることが多々あったから。
　私はそのときの記憶を失っているのだけれど、小学生のときには誘拐されたこともあったらしい。
　お医者さんによると、精神的なショックが原因なのだとか……。
　だからか、お父さんもお母さんも当時のことを話してはくれない。
「クリーンな政治家として有名な森泉を脅す材料を欲しがってる人間は大勢いる」
「そいつらに売り飛ばすか、身代金を要求するか。お前にはいろんな利用価値があるからな」
　男たちは好き勝手にそう言うと、じりじりと距離を縮めてきた。
　だ、誰か……助けて！
　祈るように胸の前で両手を握りしめると、ぎゅっと目を閉じる。
「ったく、さっそく厄介事に巻き込まれてるじゃねぇか」
　薄闇の視界のなか、耳に届いた低く乱暴な声。
　瞼を上げると、ドコッと鈍い音とともに男たちが次々と床に転がっていくのが目に入った。
「面倒くせぇ」
　舌打ちをして、男から拳銃を奪ったのは私と同い年くらいの黒髪にスーツ姿の男の子だ。
　中央で分けられた前髪の下には、見る者を圧倒するような鋭い瞳。

強面だけど整った顔をしていて、耳の銀のピアスがいかつかった。
「さっさと消えろ」
　冷たく言いはなった男の子は、背も高くモデル顔負けの長い手足で男たちを殴り、蹴り飛ばしていく。
　す、すごい……。
　ひとりで全員、倒しちゃった。
　言葉を失っていると、男の子が怖い顔のまま私の前まで歩いてくる。
　私は感動しながら、彼を見上げた。
「守ってくれて、ありがとうございます！」
　お礼を言うと、男の子にため息をつかれる。
「お前、危機感なさすぎじゃね？」
　呆れと拒絶が混じったような雰囲気が、彼から醸しだされていた。
「ひとりでこんなとこに出てきやがって、自分が狙われる立場だってわかってんのか？」
「は、はい……」
「だったら、こんなところでひとりになるんじゃねぇよ」
「ご、ごめんなさい。ちょっと外の空気を吸いたくて……うかつでした」
　説教をされた私は、深々と頭を下げる。
　私のせいで危険に巻き込んじゃったんだし、怒るのも当然だよね。
　そう反省していると、男の子は気だるそうに片手で前髪

をかき上げた。
「あ……」
 その仕草(しぐさ)が妙に色気(いろけ)があって、こんな状況にもかかわらずついつい見惚(みと)れてしまう。
 整った顔立ちだな、とは思ってたけど……。
 近くで見ると、月光に照(て)らされて、いっそう彼の精悍(せいかん)な顔がはっきりと見えた。
 細身だけどほどよく筋肉がついた体つきに、今しがた前髪をかき上げた手は骨(ほね)ばっていて、指も長い。
「ほえ〜」
 男らしい彼を見つめていたら、思わず間の抜けた声がこぼれた。
「……んだよ、変な声出すな」
「あっ、すみません！ かっこいいなって思ったら、勝手に出ちゃいました」
 思ったままを正直に伝えると、男の子は目を見張(みは)ったままその場で固(かた)まる。
 あれ？
 私、変なこと言ったかな？
 首をかしげつつ、私は男の子に駆(か)け寄ると、その手を両手で握った。
「それにしても、お強いんですね！」
「近い、離れろ」
 男の子はギョッとした顔をして、私につかまれていた手をひっこ抜く。

そのとき、バルコニーにお父さんと同い年くらいの年配の男性がやってきた。
「剣斗、もう愛菜さんと会っていたのか」
「親父……」
　その男性を見て不愉快そうに眉を寄せた男の子は、剣斗くんというらしい。
　剣斗くんのお父さんは私を見ると、ほっとした顔をした。
「愛菜さん、無事でよかった。この様子だと、怖い目に遭ったんだろう？」
　剣斗くんのお父さんは地面に倒れている男たちを見て、どこかへ電話をする。
　どうやら、警察を呼んでいるみたいだ。
「愛菜さん、私は愛菜さんのお父さんとは親友でね。きみを守るよう頼まれているんだ」
　電話を切ると、剣斗くんのお父さんはそう教えてくれる。
「え、そうなんですか？」
　そんなこと、お父さんひと言も言ってなかったのに。
　私が驚いていると、その男性は剣斗くんを見る。
「あれは警視総監である私の自慢の息子です」
　警視総監って、警察の偉い人だよね？
　すごい人と対面しているのだと思ったら、自然と背筋が伸びてしまう。
「愛菜さん、あなたを守るために剣斗を同じ学園に転入させます」
「ええっ」

「剣道三段、柔道黒帯、そのほかにも武術全般、たしなんでいます。ボディーガードとしては申し分ないでしょう」
　警視総監の息子さんが私のボディーガードになるの!?
　なんて、恐れ多い……。
　お父さんも、事前に相談してくれればよかったのに。
　あとで事情を聞かないと、と思っていると……。
　剣斗くんはふてぶてしく言う。
「親父が無理やり、俺に習わせたんだよ」
　そうだったんだ。
　でも、剣斗くんがそばにいてくれたら頼もしいだろうな。
　私はさっき、拳銃を持った男の人たちをひとりで倒してしまった剣斗くんの姿を思い出していた。
「剣斗くんが守ってくれるなら、うれしいです。これから、よろしくお願いします」
　頭を下げると、剣斗くんはフイッとそっぽを向く。
「お前みたいな能天気女を守るとか……。この先が思いやられる」
　それだけ言いはなち、去っていってしまう剣斗くんを呆然と見送る。
　の、能天気？
　たしかに、のほほんとしてるねって、よく周りから言われるけど……。
「まったく、あいつはまだまだ子どもだな」
　苦笑いする剣斗くんのお父さんに曖昧な笑みを返しつつも、私は遠ざかる頼もしい背中から目をそらせなかった。

☆
☆
☆

Chapter 1

Episode 1：24時間密着ボディーガード

　パーティーから1週間後。
　私はいつものように、資産家や文化人、やんごとない家柄の子息や令嬢が多く通う中高一貫校の黎明学園に登校していた。
「やっぱり、歩かないと運動不足になるよね」
　名家の子が多く、なにかと危険だからと車通学が許可されている黎明学園。
　でも、私はできるだけ贅沢に染まった生活はしたくないと思っている。
　その理由はお母さんがいわゆる庶民の出身だったから。
　自分でできることは自分でする、がモットーなお母さんのおかげで、私は炊事洗濯、掃除といった家事全般もひと通りはこなせるように育てられた。
「お母さんに感謝しないと」
　独り言をつぶやきながら、私はクラスメイトに「おはよう」とあいさつをして上履きに履き替える。
　中学生のときから在学しているこの学園は、数年前まで荒れていた。
　生徒が自分の家の権力を利用して、気に入らない先生を解雇させるという横暴を働いていたのだ。
　でもそんな問題を国会議員になる前に、この学園で学園長を務めていたお父さんが改善した。

『教師と生徒は対等だ』
　お父さんがみんなに丁寧に説いたことで、生徒や先生をはじめ、保護者たちの意識も変わり、学園長が交代した今も秩序が保たれている。
　どんなときも正しく人を導こうとするお父さんを、私は誇りに思っていた。

　教室にやってくると、クラスメイトの間では転校生が来るという話題で盛り上がっていた。
　席に着くと、斜め前に座っている眼鏡をかけた男の子が私を振り返ったので、あいさつをする。
「学くん、おはよう」
　制服をきっちり着こなした彼――光園寺学くんはこの学園の現在の学園長の息子さんで、一見クールだけれど学園愛の強い生徒会長だ。
　緑がかった黒髪に中世的な顔立ちの彼は、落ち着いた物腰がどこか大人っぽい。
　学くんとはこの学園の中等部からの付き合いで、私の親友のひとりでもある。
「この時期に転校してくるなんて、異例中の異例だな。前の高校で、なにか問題を起こしたか……」
　眉をひそめる学くんに、たしかにと思う。
「うちって中学から高校までエスカレーター式だもんね。成績が優秀か、家柄がいいか……。よっぽどのコネがないと、なかなか転入は受け入れられないかも」

「女子の話だと、すっごくイケメンだけど、なんか危なそうな雰囲気の男の子らしいよ」
　私たちの会話に加わってきたのは、学くん同様に中等部からの親友、花江萌ちゃん。
　ふたりとは、奇跡的にずっと同じクラスだ。
「萌ちゃん、おはよう〜」
　学くんの隣の席に座った萌ちゃんは、かわいいものが大好きな女の子で、お人形さんみたいな大きな目がチャームポイント。
　トレードマークのツインテールに、フリルがあしらわれた真っ赤なリボンを結んでいる。
　というのも、萌ちゃんは有名ロリータファッションブランド『ヴェラ』の社長令嬢。
　アクセサリーやもっている小物がそのブランドのもので、どれもかわいいんだ。
「愛ぴょん、おはよう〜！」
　私をあだ名で呼んだ萌ちゃんが、首にひしっと抱きついてくる。
　私はその背中に両腕を回しながら、尋ねる。
「転入してくる男の子が危なそうって、どういう意味？」
「危険な香りがぷんぷんする、みたいな！」
　萌ちゃんは目をキラキラ輝かせて答えてくれた。
　つまり、不良みたいな人ってこと？
　うーん、どんな人が来るんだろう。
　期待半分、緊張半分で萌ちゃんと学くんと話している

うちに、40代くらいの男性が教室に入ってくる。
　うちのクラスの担任の先生だ。
　しかも、先生が連れてきたのは……。
「え……嘘っ」
　──剣斗くん！？
　パーティーで助けてくれた恩人との再会。
　また、会えるなんて……。
　本当に同じクラスに転入してきてくれたんだ！
　ついつい胸を躍らせていると、先生は剣斗くんを見る。
「じゃあ、簡単にあいさつしてくれる？」
「…………」
　先生に促されたのにも関わらず、剣斗くんはしらっとした顔でそっぽを向いている。
「えっと……矢神くん？」
「ちっ」
　二度、先生から催促された剣斗くんは舌打ちをした。
　わずらわしそうにチョークを握ると、【矢神剣斗】と黒板に自分の名前を書き殴る。
　その威圧的な雰囲気に、誰も口を開けない。
　チョークで黒板に文字を綴る音だけが響き、なんだかシュールな光景だ。
「やばいやつが来たな」
　学くんのつぶやきに、私は苦笑いするしかなかった。
　最後に【以上！】とつけ加えて、再びそっぽを向いてしまう剣斗くん。

こうして、ホームルームはお葬式のような静けさを残したまま終わった。

「えっと、剣斗くんはどこから来たの?」

ホームルームのあと、衝撃的な登場をしたものの剣斗くんは好奇心旺盛なクラスメイトたちに囲まれていた。

話しかけにいかなくても、女子のなかには剣斗くんを遠巻きにうっとりと眺めている者もいる。

剣斗くん、イケメンだからなぁ。

私がしみじみと思っている間にも、剣斗くんを質問攻めにする声が聞こえてくる。

「お父様は、なにをしていらして?」

「この時期に転入なんて、どこかに留学でもしていたのかい?」

矢継ぎ早にクラスメイトに問われて、剣斗くんはイラ立ったのかもしれない。

ガタンッと机を蹴ると、クラスメイトたちに鋭い眼光を向けた。

「わーわー騒ぐな。即座にうせろ」

ぴしゃりと言いはなった剣斗くんに、教室は水を打ったように静まり返る。

群がるクラスメイトを黙らせた剣斗くんは席を立つと、なぜか私のところに歩いてきた。

「初めに言っておく」

「は、はい!」

その迫力と緊張感で、思わず立ち上がってしまった。
「親父と取引したからな、お前のことは一応は守ってやる。けどな、なれあうつもりはねぇ」
　そう念を押す剣斗くんに、私は首をかしげた。
「取引？」
「お前を卒業まで守り切れば、俺は親と同じ警察官にならずにすむ。晴れて自由の身になれるってわけだ」
　じゃあ、剣斗くんは……。
　取引があるから、私を守っただけってこと？
　その事実に少しだけ寂しさを感じていると、剣斗くんはさっさと自分の席に戻っていってしまった。
「おい」
　私たちの会話を聞いていた学くんは、呆れたような表情で私を呼ぶと、説明しろと言わんばかりの顔を向けてくる。
「なんなんだ、あいつは」
「私の恩人だよ」
　そう言って、私は親友たちにパーティーでの出来事をかいつまんで話した。
「でも、私は剣斗くんに嫌われちゃってるみたいで……」
　あんなにあからさまに拒絶されると、さすがに落ち込む。
　そんな私の肩を萌ちゃんがガシッとつかんだ。
「仲良くなるには、まずニックネームだよ！」
　人に変なニックネームをつける癖がある萌ちゃんに、学くんはうんざりした顔をする。
「あだ名にする必要性があるとは思えないがな。普通に名

前を呼べばいいだろう」
　ちなみに、学くんは萌ちゃんに『閣下』というニックネームをつけられている。
　だから乗り気じゃないというか、むしろ反対みたいだけど……。
「でも、ニックネームで呼ばれると特別な関係なんだなって思えるよね」
　親しみやすい名前で呼ぶところから始めてみるのも、いいのかもしれない。
「うん、試してみる！」
　せっかく再会できたんだもん。
　剣斗くんと仲良くなりたい。
　その方法を見つけた私は、親友たちのおかげで少し気持ちが軽くなるのだった。

　放課後、約束通りボディーガードをしてくれている剣斗くんと帰宅するべく並んで廊下を歩いていた。
　すると、前からやってきた人物に私は身構える。
「こんにちは、愛菜さん」
　にこやかな笑みを浮かべて手を挙げるのは、隣のクラスの安黒 雅くん。
　スラリとした長身で、アイドルばりの甘いマスクをした彼は女子から絶大な人気がある。
　今も『目もとのホクロがセクシーで素敵』だとか、『女の子に優しいなんて罪』などと騒がれていた。

でも、私は前々から雅くんの感情の見えない笑みが怖くて苦手だった。
「こ、こんにちは」
　返事をしないのも失礼なので、なんとか笑顔を作る。
　そんな私の顔を剣斗くんは怪訝そうに見た。
「誰だ？　こいつ」
「雅くんだよ。私のお父さんと同じで、議員の息子さんなんだ」
　剣斗くんに紹介すると、雅くんはやっぱり貼りつけたような笑みを浮かべる。
「どうも、安黒雅です。愛菜さんとは、たまにパーティーで会うから仲良くさせてもらってるんだ。ね？」
「う、うん……」
　私の態度がぎこちなかったからか、剣斗くんは疑うようにつぶやく。
「仲良く、ねぇ」
「愛菜さん、お父さんは議員になっても大活躍みたいだね。日本の将来はますます安泰になりそうだ。この学園が平和になったみたいにね」
　どこか、引っかかる言い方。
　ううん、言葉の端々にトゲがあるような気がする。
　そう思っていたのは、私だけじゃなかったらしい。
「んだよ、それ。この学園、荒れてたのか？」
　剣斗くんも怪しむように雅くんを見ていた。
「数年前まではね。教師は生徒にかしずいていたし、家柄

で学園の生徒のカーストも決まってた」
　そう、雅くんの言う通りだ。
　中小企業の社長の子どもは、大企業の社長を親にもつ生徒の小間使いになっていたり、数年前の黎明学園は親のステータスが生徒たちの権力に大きく影響してた。
「でも、愛菜さんのお父さんが学園長になってからは、みんな対等で平等。今は平和ボケしそうなほど平和だよ」
　雅くんの発言に、剣斗くんはぴくりと眉を動かす。
「平和じゃ嫌、みてえな言い方だな」
「今さらなんだけど、きみは誰？」
　剣斗くんの質問には答えずに、雅くんはにっこりと微笑んで話題を変える。
「今日、この学園に転入してきた矢神剣斗くんだよ」
　張り詰めた空気に耐えかねて、私は口を挟んだ。
「そうなんだ。どこの財閥のご子息かな？」
　その問いに剣斗くんは心底不快そうに、ハッと笑った。
「初めましてで家柄聞くの、金持ちの悪いとこだよな」
「気分を悪くしてしまったかな。ごめんね？」
　その謝罪に気持ちがこもっていないのは、私にもわかる。
　うわべだけの物言いが、気味の悪さを感じる原因でもあった。
「でも、愛菜さん。そばに置く人間は考えたほうがいい。きみの品位が下がるからね」
　雅くんは私に視線を移して手を伸ばすと、髪を一房すくうようにとってそこに唇を寄せる。

それにビクッと肩を震わせながらも、私は言い返す。
「……っ、私は一緒にいたい人といる。品位とか、周りの目なんて関係ないよ」
　私の言葉に雅くんは見下したような笑みをこぼした。
「そういう清く正しいきみを見てると綺麗事ばかりで吐き気がする半面、俺と同じところまで堕としてあげたくなる欲に駆られたりもするんだ」
　堕とすって……。
　雅くんの瞳を見ていると、底知れない闇を覗いているような気分になる。
　私は冷や汗をかきながら、無意識のうちに剣斗くんの服の裾をつかんだ。
「おい、お前……」
　剣斗くんの動揺と気遣いが入り混じった声に、私は我に返る。
「あっ、ごめんね」
　そうは言いながらも、剣斗くんから手を離せない。
　離さなくちゃいけないって、わかってるのに……。
　そう思えばそう思うほど、剣斗くんの服を握る手に力がこもる。
「ど、どうして……」
　自分でもとまどっていると、剣斗くんは「はあっ」と息を吐いた。
「面倒くせぇ。もう、そのままでいい」
　前を見つめたまま、剣斗くんはそう言ってくれた。

そんな私たちのやりとりを眺めていた雅くんは、笑顔のまま爪をカリッと噛んだ。
「ねぇ、離れてよ」
「え？」
　一瞬、言われた意味がわからなかった。
　反射的に聞き返してしまう私に、雅くんはまたカリッと爪を噛む。
　それを見ていた剣斗くんは舌打ちをして、私の手首をつかむと吐き捨てるように言った。
「執着かよ、気色わりぃ」
「剣斗くん!?」
「こいつは関わんねぇほうがいい人間だって、俺の本能が言ってんだ。間違いねぇ」
　私の手を引いて、雅くんの横を通りすぎる剣斗くん。
「そんな言い方しなくても……」
　でも、助かった。
　さっきの雅くん、ちょっと怖かったから。
　気になって雅くんを振り返ってみると、やれやれという感じで肩をすくめて苦笑いしている。
「あいつの笑顔、胡散くさいんだよ」
　言い切る剣斗くんに少なからず同じ感情を抱いていた私は、それっきりなにも言えなくなってしまった。

「おい、てめぇ！」
　校門を出ると、物騒な怒鳴り声が聞こえた。

足を止めた私と剣斗くんは、襟をつかまれて学園の外壁に押しつけられている男の子を発見する。
　瓶底眼鏡に、おどおどとした態度。
　いかにも絡まれそうな男の子は、現在進行形で不良たちに容赦なく囲まれている。
「先生を呼びにいったほうがいいんじゃない？」
「ダメよ、とばっちりを受けるかもしれないでしょう？」
　学園の生徒たちは遠目に眺めているだけで、見て見ぬふりをして通りすぎていく者もいる。
「この学園の生徒なら、余るほど金もってんだろ？」
「俺たちにも、お小遣いくれねぇ？」
　カツアゲをしている不良たちは、着ている制服から察するに他校生だ。
「危ない！　あの子がケガをする前に、止めなきゃ」
　迷うこともなく反射的に駆けだそうとしたとき、剣斗くんが舌打ちをしながら私の肩をつかんで引き留める。
「お前は引っ込んでろ。邪魔だ」
　それだけ言って、剣斗くんは不良たちのところへ歩いていった。
　すると、会話をすることもなく不良たちを一方的に投げ飛ばした。
　剣斗くん、相変わらず強い！
　でも、剣道三段、柔道黒帯の剣斗くんが本気を出したら、まずいんじゃ……。
　不良たちをボコボコにする剣斗くんに、周囲から悲鳴が

上がる。
　私は慌てて不良たちの間に入ると、剣斗くんの正面に立ちふさがった。
「もう、十分だよ!」
「俺はまだ物足りねぇんだけど?」
　あっさりと言う剣斗くん。
　物足りないって……。
　剣斗くんはこの状況を楽しんでいるようにすら見えて、背中に嫌な汗が伝う。
「剣斗くんは、なんのために戦ってるの?　男の子を助けるためじゃなかったの?」
　お願いだから、そう言って……。
　祈るような気持ちで尋ねると、剣斗くんは片眉を上げた。
「助けるため?　はっ、違えよ。この不良どもが目障りだった。だから排除した。ただそれだけだ」
「剣斗くん……」
　人を傷つけることに優越感さえ抱いていそうな剣斗くんの表情に、なんとも言えない気持ちになる。
　しばらく言葉を失っていると、騒ぎを聞きつけて教員が駆けつけてきた。
　剣斗くんはまた舌打ちをして、私のところに戻ってくる。
「面倒だから逃げんぞ」
　そう言って剣斗くんは私の手をつかむと、足早にその場を離れるのだった。

日が暮れ始めた頃、私たちは森泉家に帰ってきた。
「じゃ、俺は帰る」
　家まで送り届けて、すぐに踵を返そうとした剣斗くんにお父さんが声をかける。
「剣斗くん、娘を送ってくれてありがとう。少しだけ、時間をもらえるかな？」
　その瞬間、剣斗くんは"面倒くせぇ"という顔をした。
　けれども、お父さんの手前無言でうなずく。
　私たちがリビングのソファーに座ると、向かいに腰かけたお父さんがさっそく切りだす。
「実はね、私宛に【娘を傷つけられたくなければ、現在進めている法案を取り消せ】という内容の脅迫状が何通も届いていてね」
「え……お父さん、本当に脅迫状だけ？　お父さんが危ない目に遭ったりしてない？」
　テーブルに身を乗りだして問い詰めると、お父さんは悔しげに目を伏せた。
「私は平気だよ。むしろ、私の弱点である愛菜のほうが狙われている。私と一緒にいると、また怖い思いをさせてしまうかもしれない……」
「まさか……お父さん、脅迫状の送り主に従うの？　絶対にダメだよ！」
　私を巻き込まないために、もしお父さんが法案を諦めたりしたら、私は自分を許せなくなる！
　つい声を荒らげると、隣に座っていた剣斗くんが目を瞬

かせた。
「おい、落ち着け」
「落ち着いてなんて、いられないよ！」
　叫べば、剣斗くんは押し黙る。
「お父さんのしてることは、みんなを幸せにするために必要なことなんでしょう？　なら、負けちゃダメだよ」
「お前……」
　なにか言いたげに、剣斗くんは私を見ていた。
　お父さんはふっと笑って腰を少しだけ上げると、こちらに身を乗りだして、私の頭を撫でる。
「愛菜なら、そう言ってくれると思っていたよ。もちろん脅しに屈するつもりはない。でも、私は脅迫状の犯人を突き止めるまで、お前と離れて暮らすことにした」
「え？」
「この屋敷はすでに多くの者に知られているから危険だ。だからお前は、森泉の所有する別荘に移ってくれ」
　うちの別荘は、この屋敷から１時間ほど離れた場所にある。
　なにかあったときのために作られた避難場所でもあり、ごく限られた人間しかその存在を知らない。
「そして剣斗くん、パーティーで娘を守ってくれた強いきみにお願いがある」
「お願い……ですか」
「愛菜を24時間密着で守ってほしい」
「…………」

その言葉に一瞬、目を見張った剣斗くんだったけれど、思いのほかすぐにうなずいた。
「まあ、一度守ると決めたからにはやりますよ。そういう約束なんで」
　意外だな、面倒だって断ると思ってたのに。
　でも、なんだかんだ言ってここぞというときに剣斗くんは私の手を引いて危険から遠ざけてくれていた気がする。
　剣斗くんの優しさに、じんと胸が熱くなった。
　お父さんは剣斗くんの返事を聞いて、ぱっと表情を輝かせる。
「そうか！　引き受けてくれるかい！」
　興奮冷めやらぬ様子のお父さんは剣斗くんの手を両手で握って、ぶんぶんと上下に振った。
「いやあ、頼もしいよ。愛菜は私たちが過保護に育てすぎてしまってね、人を疑えない性格なんだ。すぐに人を信用してしまうから、私も心配でね」
「あぁ、見るからにお人好しそうですもんね」
　――剣斗くん、それはひどくないかな!?
　あ、でも……。
　会ってからそんなに時間が経ってないのに、剣斗くんにまで言い切られるなんて……。
　やっぱり私、警戒心が足りないのかも？
　心の中でひとり問答を繰り返しつつ、私はふたりの会話を見守る。
「学園の中までうちの警備員に見張らせるわけにもいかな

いし、私は政界でも敵が多いからね。一緒にいるとかえって危険だ。だからどうか、愛菜のことをお願いします」

　お父さんに頼まれた剣斗くんは、同じように頭を下げる。

　こうして私は、厳選された使用人と警備員とともに別荘で剣斗くんと生活することになった。

　１時間後、ふだん使っているリムジンでは目立つので、使用人が使っている車で別荘に移動した。

　私は自ら剣斗くんに屋敷の中を案内する。

「剣斗くんの部屋は私の隣で２階だよ。トイレとお風呂は各階にあるから、好きなところを使ってね」

「この建物３階建てだろ？　風呂、３ついるか？」

　私のあとをついてくる剣斗くんは、引きつった顔で屋敷内を見回していた。

「ふふっ、本当だよね。あと、広すぎるよね」

「ふだんからこのスケールの家に住んでんだろ？」

「うん。でも、お母さんは一般家庭で育った人だから、初めは驚いたって言ってた」

「へえ、お前の母親、庶民だったんだな」

「ふふっ、身分違いなんて言ったら失礼だけど、シンデレラみたいな話だよね」

　あ……そういえば。

　いろいろあって忘れてたけど、他校生を殴った剣斗くんとは軽く言い合いみたいになっちゃってたのに……。

　今、剣斗くんと普通に会話できてるかも。

これから一緒に暮らすわけだし、私のことを少しでも知ってもらえるといいな。
　そう思って、まずは自分のことを話すことにした。
「私、小さいとき……って言っても小学生くらいなんだけど、この屋敷で暮らしてたの」
　剣斗くんは相づちを打ったりはしなかったけれど、静かに耳をかたむけてくれている。
　なので、私は話を続けた。
「本邸に移ったのは中学に上がってからかな。剣斗くんはどんな家で生活してるの？」
「別に、普通の家だ。俺は庶民だからな」
　そっけない言い方に、心が折れそうになる。
　けれど、私は努めて明るく話しかける。
「そうなんだ！　あ、ここはね、中学生になるまで私が使ってた部屋だよ」
　私が案内したのは、子ども部屋。
　お人形もランドセルも、小学校で使っていた教科書もそのまま残ってる。
「懐かしい！」
　どんどん中に入っていくと、剣斗くんははぁっとため息をつきながら私に続く。
　そのときだった。
　ガチャンッと音がして、すぐに電子音が鳴る。
「おい、今の音はなんだ？」
　剣斗くんのとまどった声に、私は重大なことを思い出す。

「どうしよう……。この部屋だけ、扉が閉まると自動的に電子ロックがかかるの!」
「はぁ!?」
「この部屋に入るの久しぶりで忘れてたっ。しかも、外からじゃないと開けられない!」
　血の気が失せていくのを感じつつ説明すると、剣斗くんは扉に向かって叫ぶ。
「おい!　誰かいねぇのか!?」
　私も剣斗くんの隣に立って、ドンドンッと扉を叩いてみたけれど、誰も気づいてくれた様子はない。
「警備員は外で見張り、使用人は今頃夕飯の支度やらで忙しいのか……。仕方ねぇ」
　呼びかけるのをやめた剣斗くんは、扉に寄りかかるようにして座る。
「時間が経てば、俺たちに気づくだろ」
　不思議……。
　閉じ込められたのに全然、怖くない。
　剣斗くんが冷静だからか、私も平常心でいられた。
「つーか、なんで子ども部屋にオートロックなんてつけてんだよ。しかも外側からしか開けられねぇって、まるで監禁部屋じゃねぇか」
　私を見上げて尋ねてきた剣斗くんに苦笑いしながら、隣に腰を下ろす。
「私は覚えてないんだけど……。小学生1年生のときに誘拐されたことがあったらしいの」

急に重い過去を打ち明けられた剣斗くんは、困惑したように私を見つめる。

それに肩をすくめながら、私はこの部屋にオートロックがつけられたいきさつを話す。

「無事に助けられたみたいなんだけど、私はそのときのことをショックで忘れちゃって……」

「誘拐されたなら、ショックになるのも無理ねぇよな」

「うん……。それで、心配したお父さんが私とお母さんだけをこの別荘に住まわせて、療養させたんだって」

「なるほどな。だからお前、小学生のときにここに住んでたのか」

腑に落ちた様子の剣斗くんに、私は肯定の意味を込めて首を縦に振る。

「そう。それでね、子どもの頃ってなにかと突発的な行動を取るでしょ？」

「まあな」

「だから私が勝手に別荘を出ていって、ひとりでいるときに誘拐されたりしないようにロックがつけられたの」

きっと、たくさんお父さんとお母さんを不安にさせてしまったんだと思う。

この部屋を見てそれを思い出してしまった私は、胸が締めつけられて苦しくなる。

そんな私の横で話を聞いてくれていた剣斗くんは、片膝を立てるとそこに頬づえをついた。

「それなら、お前の親父さんが過保護にする理由もわから

なくはねぇな」
「うん。でも、今はわりと自由にさせてもらえてるんだよ。暗い道とか、見るからに危険そうな場所には行かないようにしてるし」

　それでも心配だったから、お父さんは私に剣斗くんをつけたんだと思う。
「剣斗くん、理由はなんであれね。私のボディーガードを引き受けてくれてありがとう」
「なんだよ、急に」

　目を点にしている剣斗くんに向き直った私は、改まって正座をして頭を下げる。
「私がまた誘拐されたりしないか、お父さんもお母さんも怖いの。その怖さを剣斗くんは軽くしてくれたから」
「お前……自分の安全が守られるからじゃなくて、親のために頭下げてんのか？」

　信じられないといった様子で、剣斗くんは口を半開きにしたまま固まっている。
「うん。私の大事な人たちの不安を和らげてくれたことに、すごく感謝してるんだ」
「……お前、ほんとにお人好しすぎんだろ。でも、お前みたいなやつが大勢いたら、世界が平和になりそうだな」

　言い方は相変わらずだけれど、剣斗くんのまとう空気が少しだけトゲを引っ込めてくれたような気がした。
　この調子で少しずつ、剣斗くんと近づけたらいいな。
　そんなふうに考えていると……。

『お嬢様? そこにいらっしゃいますか!?』

夕食の時間になっても現れない私たちを心配して、探しにきてくれたんだろう。

ようやく使用人に見つけてもらうことができた私たちは、立ち上がって部屋を出る。

「やっと解放されたか」

リビングに向かいながら剣斗くんは、伸びをしていた。

私はその背中を見つめながら、もう少しあのままでもよかったのにな……なんて思う。

そうすれば、もっと剣斗くんと話せたのに。

そう思うとたまには閉じ込められるのも、悪くないかもしれない。

そんなポジティブ思考の自分に、ひとりでくすっと笑っていると剣斗くんが振り返る。

「なにニヤニヤしてんだよ」

嫌なものでも見てしまったみたいに、剣斗くんは顔をしかめていた。

それがおかしくて、私は笑顔を返すと——。

「話しても怒らない?」

「いいから、さっさと吐け」

「実は、もう少し剣斗くんとふたりで話していたかったなーって思ってたの」

「お気楽なやつ」

「ふふっ、自分でもそう思う」

ゆるんでしまう表情をどうしようもできないでいる私に

対して、剣斗くんの顔がどんどん渋くなったのは言うまでもない。

Episode 2：面倒くせぇ女【side剣斗】

「面倒くせぇ」
　あいつの親父からボディーガードを頼まれた俺は、与えられた部屋のベッドに横になると、ひとり愚痴をこぼす。
　別荘に来て早々、子ども部屋に閉じ込められたり、今日一日でいろいろ俺をイラ立たせる事件はあった。
　でも、そのなかでもいちばん俺の胸をモヤモヤさせているのは校門での出来事だ。
『剣斗くんは、なんのために戦ってるの？』
　あの問いかけと、あいつの悲しそう顔が頭にこびりついて離れねぇ。
　あいつの残像から逃れるように目を閉じれば、思い出したくもない過去の記憶が蘇る。

＊＊＊

　あれはたしか、俺が中学３年生のときだ。
　学校から帰ってきた俺は、玄関で靴を履き替える間もなく親父にものすごい剣幕で叱られた。
『剣斗！　また学校で騒ぎを起こしたらしいな。お前は警視総監の息子なんだぞ。その素行の悪さ、いいかげんにどうにかしないか！』
『あ？　あんたの息子だからって理由で、金せびられたか

ら追い払っただけだっつーの』

　どこで情報が流れたのか、俺の家が金をもってると知った学校のやつらから、俺はよくカツアゲに遭っていた。
『みっともなくて人前に出せないって心配してんなら、安心しろ。俺は親父と同じ警官になる予定はねぇからな』
『そういうことを言っているんじゃない。お前は力の使い方を間違っている。どんな悪人にだって、一方的にふるっていい暴力はない。本当に手を出さなければ、守れないときにだけ使うものだ』
『綺麗事ばっか並べやがって、説教なら聞き飽きたんだよ！』

　どんっと壁を殴って家を出た俺は、いつものように駅前で不良仲間と集まった。
『剣斗、なんか機嫌悪くねぇ？』
『親父と口論になった。説教に腹立った。以上』
『ははっ、なんじゃそりゃ。まあ、警視総監の親父をもつお前も大変だよな』

　こいつらといると、楽だ。

　警視総監の息子という鎧を取っ払った素の自分を受け入れてくれる。

　体裁とかを気にせずに、心のままに拳を振るうことをこいつらはおかしいとは言わない。

　自由でいられる場所だった。

　そんなことを改めて考えていると、別の不良グループに絡まれる。

『こっち、にらんでんじゃねえよ』
『あ？　被害妄想だろ』
　くだらねぇ理由で絡んできやがって。
　この命知らずが。
『まあいい、ちょうどむしゃくしゃしてたしな。憂さ晴らしに付き合えよ』
　俺は立ち上がると、ケンカを売ってきた不良をただ気晴らしのためだけに殴る。
　全員を片づけ終わると、俺は仲間たちに囲まれた。
『やっぱ強えな、剣斗！』
　切れた口の端からにじむ血を拳でぬぐうと、俺は仲間たちとハイタッチを交わしながら改めて思う。
　——ここが俺の居場所だ。

　＊＊＊

「……はぁ」
　瞼を上げると、俺は見慣れない天井に向かって手を伸ばす。
「俺は気に入らねぇやつをぶん殴るだけだ」
　それなのに、どうしてあいつの言葉が引っかかる？
　頭にリフレインするのは、『なんのために戦ってるの？』という愛菜の言葉。
　親父に押しつけられた、面倒な女なのに……。
　伸ばしていた手をぐっと握りしめる。

なんでこんなにも、あいつのことが気になる？
　俺が作ってきた人への壁も簡単に壊して、余裕で心に入ってこようとする女。
「でも、俺は変わらねぇ。あいつはただの警護対象なだけで、それ以上にはならない」
　まるで自分に言い聞かせるようにそう口にした俺は、握った拳を荒々しくシーツの上に落とした。

Episode3：過保護なナイト

　翌朝、食事の席に着いた私は剣斗くんの姿が見えないことに気づいた。
「あれ？　剣斗くんは？」
　家の使用人に尋ねると、うやうやしくお辞儀をされる。
「まだお休みになっておられます。呼びにいってまいりましょうか？」
「あ、ううん。私が起こしにいってくるよ」
　壁掛けの時計は午前7時半を指している。
　そろそろ準備を始めないと、学校に遅刻してしまうので、私は2階にある剣斗くんの部屋に向かった。
「おーい、剣斗くん！」
　扉をノックしても反応がない。
「失礼しまーす」
　やむをえず部屋に入ると、剣斗くんはベッドにうつ伏せになって爆睡していた。
　私はベッドに近づいて、思いっきり叫ぶ。
「剣斗くん、起きて！　朝ご飯食べそこねちゃうよ！」
　私は剣斗くんの肩を揺り動かして、何度も声をかける。
　すると、剣斗くんは顔をしかめた。
「ん、うるせぇ……」
　気だるげにかすれた声をこぼして、剣斗くんは眉根を寄せると——。

「きゃあっ」
　剣斗くんの腕が私の背中と腰に回って、そのままベッドに引きずり込まれる。
「わわわ！」
　ぎゅううっと抱きしめられて、心臓が飛び跳ねた。
「け、剣斗くん……寝てるの？」
　ドキドキしながら剣斗くんを見上げる。
　じゅ、熟睡してる……。
　そのことに、なぜかほっとする。
　……って、私を抱きしめたのは剣斗くんなのに！
　どうして私が、やましいことをしたみたいな気持ちにならなきゃいけないんだろう。
「ううっ、剣斗くん、起きてー！」
　何度も声をかけるけれど、剣斗くんはすやすやと寝息を立てている。
　困り果てて、私は剣斗くんを見つめた。
　あ、まつ毛長い。
　間近にある剣斗くんの顔に、私はつい見入ってしまった。
　髪も柔らかそう……触っちゃえ！
　えいっと手を伸ばして、剣斗くんの髪をすいてみる。
　わー、わー、さらさらだ！
　感動しながら、寝ているのをいいことにあちこち触っていると、剣斗くんのまつ毛が震えた。
「んう、な……んだ」
　剣斗くんは、ゆっくりと目を開ける。

しばし見つめあうと、剣斗くんはひと言。
「あれ、抱き枕(まくら)じゃねぇ？」
　まだ寝ぼけてるのか、ぼーっとしている剣斗くん。
　いつもにらみをきかせてるのが嘘みたい。
　無防備でかわいい、なんて……。
　言ったら怒りそうだから、我慢(がまん)我慢。
「うん、私は愛菜だよ」
　にっこりと笑うと、剣斗くんの目はみるみるうちに見開かれていき……。
「どういう状況だよ、これは！」
　発狂(はっきょう)しながら飛び起きる剣斗くんに、私も身体(からだ)を起こして説明する。
「朝食の時間なのに席にいないから、起こしにきたんだよ。そうしたら、剣斗くんが私と抱き枕を間違えたみたい」
「……あのなぁ、男の部屋に平然と入るな。ベッドにも近づくな」
　強く言う剣斗くんに、私は首をかしげつつもうなずく。
「はーい」
「お前、その顔はぜってぇ納得(なっとく)してねぇだろ」
　だって、ただ起こしにきただけなのに。
　なにがいけないんだか、わからないんだもん。
「わからねぇなら、教えてやる」
　まるで私の心を読んだように、しびれを切らした剣斗くんが手首をつかんでくる。
「へっ……きゃっ」

そのまま、あれよあれよという間に、私はベッドに押し倒されていた。
「剣斗くん、これは……」
　どういう状況？
　困惑しながら剣斗くんを見上げていると、その整った顔が近づいてくる。
「こんなふうに、襲われてもいいのかよ」
　脅すようにすごんでくる剣斗くん。
　だけど、剣斗くんの前髪が私の頬にかかって、くすぐったくなった私はくすくすと笑いだしてしまう。
「剣ちゃん、怖い顔！　ぷぷぷっ」
　笑いが止まらない私に、剣斗くん――剣ちゃんは宙を仰ぎながらため息をついた。
「……この状況でよく笑えんな。あと、その剣ちゃんってのはなんだ」
　げんなりした顔で、剣ちゃんは私の上からどいた。
「萌ちゃんが、仲良くなるならニックネームで呼ぶのがいいって、教えてくれたの。剣ちゃんって呼ぶと、本当に距離が近づいた気がするね！」
「俺はしねぇよ。つうか……」
　剣ちゃんは改めてこちらを見つめると、コツンと私の頭を軽く小突いてくる。
「無防備で危機感もねぇ。のへらーとしてるし、ちょっと優しくされりゃあ誰にでもついていきそうだな、お前」
「そんなことないよ！　私、本当に優しい人かどうかは目

を見ればわかるんだ」
「嘘くせぇな」
　疑わしそうな目をする剣斗くんの胸を、私はポカッと軽く叩く。
「もう、本当の本当だよっ。剣ちゃんは、すっごくいい人だって、私にはわかるんだから！」
　拳を握りしめながら力説したあと、私は頬をふくらませる。
「なんで、俺のことでそんなムキになってんだよ」
　剣ちゃんは、私の頬を指で押した。
　その拍子に、ふしゅーっと私の口から空気が出る。
「剣ちゃんは、私のヒーローだから。出会った瞬間から、この人なら信じられるって直感したの」
「……その直感、どこまであてになんだか、わかったもんじゃねぇな」
　剣ちゃんは私の髪を両手で、わしゃわしゃとかき回した。
「わーっ、なにするの！」
「お前みたいな能天気な女、守るとかマジ勘弁だわ」
「ええっ!?」
　また、能天気って言われた！
　ひどい……。
　無言でムッとしていると、剣ちゃんは私の額にデコピンをしてくる。
「あたっ」
　地味に痛い！

でも、剣ちゃんの頰は錯覚かもしれないけれど少し赤くなっていた気がした。
　涙目でおでこをさすっていると、剣ちゃんは不良さながらの表情ですごんでくる。
「いいか？　俺に面倒かけるな、自由にふらふら行動すんじゃねぇ。なにかあったら、俺に逐一報告しろ」
　ずいっと顔を近づけてきて、矢継ぎ早に注意事項をまくしたてていく剣ちゃんは最後に念を押す。
「わかったな？」
「はい、了解です！」
　にっこり笑って、なんとなく敬礼すると、剣ちゃんは一瞬固まって……。
「お前といると調子狂うわ、ほんと」
　そうこぼしていた。

　剣ちゃんと一緒に朝食をとったあと、私たちは家を出て学園までやってきた。
「お前の家の飯、朝から豪勢すぎねぇか？　パンも飲み物も種類ありすぎだろ。それにサラダにフルーツって……バイキングかよ」
　校門から昇降口までの長い並木道を歩きながら、剣ちゃんはいつもより饒舌に我が家の朝食について語っている。
「ソーセージにハム、ベーコン、卵の焼き方はどのようにいたしましょうかって聞かれても、わからねえって」
「ふふっ、これから慣れていったらいいよ」

真剣に悩んでる姿がちょっとかわいくて、私は笑ってしまった。
「うちで出るのは、一般的なイングリッシュブレックファーストだよ」
「イングリ……やめろ。英語は聞くだけで頭痛がする」
　げんなりしている剣ちゃんに、私は苦笑いする。
　剣ちゃん、英語苦手なのかな？
「ご、ごめん。イギリス式の朝食ってことだよ。希望があれば、イタリアンのフルコースでも、なんでも作ってくれるから、剣ちゃんも遠慮せずにリクエストしてね」
「朝からそんなに食えるかよ……」
「え、じゃあ剣ちゃんの家ではどんなご飯が出るの？」
「和食。普通に、ご飯とかみそ汁とか焼き魚が出る。つーかお前、あんまし肉ばっか食ってると肥えるぞ」
「それって、遠回しに私が太ってるってこと!?」
　ショックを受けていると、剣ちゃんはバツが悪そうに明後日の方向を見る。
「いや、お前は……ちょうどいいんじゃね？　結構、柔らかかったっつうーか、抱き心地がよかったし」
　もごもごとつぶやく剣ちゃんの言葉に、私の顔は熱を帯びる。
「だ、抱き心地は恥ずかしいといいますか……」
「そこだけ拾うんじゃねぇ」
　剣ちゃんの耳も、ほのかに赤く染まっている。
　私たちは気恥ずかしい空気をまとったまま、昇降口に

やってきた。
　静まらない鼓動を深呼吸でなだめながら下駄箱を開けると、その中を見て私は目を丸くする。
「……え？」
　そこにはペンキで真っ黒に染められた薔薇の花がびっしり入っていた。
　下駄箱の取っ手をつかんだまま私がフリーズしていると、剣ちゃんがいぶかしげに隣にやってくる。
「なんだ……これ」
「黒薔薇って、たしか『永遠の死』って意味があるんだよね。だから、お葬式でも使われるんだって」
「だって、じゃねぇ。学園の中でも狙われてんのかよ……。お前、スマホ貸せ」
　険しい顔で手を出す剣ちゃんに、私は自分のスマホを鞄から取り出して渡す。
　すると、慣れた手つきで連絡先を私のスマホに登録してくれた。
「俺がそばにいないときになんかあったら、電話かメッセージをよこせ」
　戻されたスマホを胸の前で握りしめる。
　剣ちゃんが連絡先を教えてくれた。
　警戒心が強い剣ちゃんがテリトリーの中に少しだけ入ることを許してくれたような気がして……。
　わーっ、わーっ、どうしようっ。
　うれしい！

ふふっと笑いながら、私は上目遣いに剣ちゃんを見て、おずおず尋ねる。
「あの、連絡するのって、なにかあったときじゃなきゃダメですか？」
「あ？」
　なんの話だ？と言いたげな表情の剣ちゃんに、私は思い切って、一歩距離を詰めた。
「なにも用事がなくても、ただ声を聞きたいってそう思ったときに電話をかけたり、したい……です」
　語尾(ごび)がしぼんでいく。
　なんでだろう、自分から言いだしたのに恥ずかしい。
　剣ちゃんはというと、私の言葉の解釈(かいしゃく)に時間がかかっているようで、呆気(あっけ)にとられた表情をしていた。
　けれども、少しして私の頬をつまんで引っ張る。
「お前、急になに言い出してんだよ」
「い、いひゃい」
「連絡……ムダにしてきたらすぐ切っからな」
「うう……」
　やっぱり、そうくるよね。
　剣ちゃんの反応は想像してたけど、ちょっとへこむ。
　がっかりしていると、頬から手が離れた。
「それでも、どうしようもねぇときは、仕方ねぇから出てやるよ」
「え？」
　あれ？

今のって、連絡してもいいってこと？
　きょとんとしていると、剣ちゃんは焦ったように話題を変える。
「つーかお前、この状況で落ち着きすぎだろ」
「実はこういう贈り物をもらうの、初めてじゃないんだ」
「……は？」
　口をあんぐりと開ける剣ちゃんに、私は不気味な贈り物の数々を思い出す。
「いつ撮ったのか、私の写真が入ってたこともあったし」
「それは盗撮っていうんだよ！　どうしたら贈り物って発想になんだ……」
「その映りが何気によかったんだよね。だからありがたくもらっちゃった」
「……今までよく無事に生活できてたな、お前」
　剣ちゃんは、私の下駄箱に入っていた薔薇をひとつ残らず昇降口にあったゴミ箱に捨てると、足もとに上履きを置いてくれる。
「ほら、床に画鋲とか、いろいろ落ちてっかもしれねぇから、踏んでケガしねぇように、さっさと履き替えろ」
　剣ちゃん、優しいな。
　というか、意外と面倒見がいいのかも。
「ありがとう。剣ちゃん、やっぱりいい人だね」
「……っ、ムダ話してねぇで早くしろ」
　一瞬、言葉を詰まらせた剣ちゃんの頬は赤い。
　言い方はきついけど、本気で怒ってはないみたい……？

「はーい」
　剣ちゃんの気遣いに感激しながら返事をして、上履きを履いていると、どこからか学くんの声がした。
「お前たち、どうして一緒にいるんだ」
　声が聞こえたほうへ視線を向ければ、萌ちゃんと学くんが登校してくる。
「あの、これには深いわけがあってね。実は……」
　怪しむように目を細めた学くんに、私は命を狙われていることを話した。
　すると、あまり表情を動かさない学くんが気遣うように見つめてくる。
「災難だったな」
「でも、剣ちゃんがいるから平気だよ。今も助けてくれたんだ」
　私は数分前に起こった下駄箱事件のことも、ふたりに報告した。
「政治家の娘を守るボディーガード、ケンケンはさながら過保護なナイトだね！」
　さっそく萌ちゃんは、剣ちゃんをニックネームで呼ぶ。
　ケンケンって、かわいいかも。
　私も呼んだらダメかな？
　剣ちゃんをチラッと見れば、指で眉間を揉んでいた。
「ケンケン、過保護、ナイト……。どこからつっこめばいいのか、わかんねぇ」
　萌ちゃんを前にして頭を抱えている剣ちゃん。

転入初日はクラスの子たちとぎくしゃくしてたけど、ふたりとは打ち解けてるみたいでよかった。
　微笑ましい気持ちで見守っていると、私の視線に気づいた剣ちゃんにまた頬をつままれる。
「なに笑ってんだよ」
「ふふっ、秘密！」
「洗いざらい吐け」
「吐けって……。剣ちゃんに友だちができてよかったなって、思ったんだよ」
「……俺は小学生か」
　剣ちゃんはジトリとにらんできた。
「あ！　あとね、私もたまにケンケンって呼んでも……」
「却下」
　即答されちゃった。
　こんなやりとりが楽しい。
　ぶっきらぼうな言い方なのに、心なしか剣ちゃんのまとう空気が柔らかくなってる気がする。
　それがなんだかうれしくて、私はこらえきれずにふふっと笑った。

　それは、体育の時間に起きた事件だった。
「見て見て、あの男の子って隣のクラスの矢神剣斗くんだよね？」
「運動神経いいのね。さっき、剣道部主将の男の子に勝っていたのを見たわ」

竹刀を手に防具を脱ぐ剣斗くんは、隣でバレーボールをしている女子たちの憧れの的になっていた。
「ケンケン人気だねぇ」
　萌ちゃんが私の腰に抱きついてくる。
　私と萌ちゃんは同じチームで、今は別のチームが試合をしているので休憩中だ。
「剣ちゃん、かっこいいもんね」
　そう口にしたら、ズキッと心臓のあたりが痛んだ。
　あれ、なんだろう今の……。
　胸を押さえる私には気づかずに、萌ちゃんは言う。
「あの、クールで野性的な感じも、学園に通うお嬢様からしたら滅多に遭遇しないタイプだからねー。惹かれちゃうのかも」
　たしかに、今まで出会ったことのない雰囲気の人かも。
「萌ちゃんは？　萌ちゃんも剣ちゃんに憧れる？」
「むふふ、心配？　萌がケンケンを好きになっちゃうかもーって」
「え……」
　なぜか、ドキッとした。
　萌ちゃんが剣ちゃんを好きになる。
　そう考えただけで、胸が苦しくなった。
　黙り込んでいると、萌ちゃんがニコッと笑って私の顔を覗き込んでくる。
「冗談だよっ、ケンケンはかっこいいけど、萌はそれだけで好きな人を選んだりはしないのだ！」

それを聞いて、どういうわけかほっとする。
「じゃあ、萌ちゃんのタイプは？」
「ありのままの萌のことを受け入れてくれる人なら、ウェルカムだけどね！」
「ふふっ、そうだよね。中身が大事だよね」
　私だって、剣ちゃんの見た目が好きなわけじゃない。
　優しくて、どんなときも冷静で強い。
　そんな剣ちゃんに憧れてる……って。
　私の剣ちゃんに向ける好きって、どういう種類の好きなんだろう。
　友情、恋？
　それとも、もっと別のなにか？
　好きなことには変わりないけれど、まだその名前を見つけられずに剣ちゃんを眺めていると……。
「森泉さーん」
　数人の男子から呼ばれた。
「なんだろう？」
　私は萌ちゃんに断りを入れて、男子たちのところに行く。
　その途中、雅くんに呼び止められた。
「愛菜さん、どうしたの？」
「あっ、ちょっと男の子たちに呼ばれて……」
　昨日の『ねぇ、離れてよ』と言いながら爪を噛んでいた雅くんの姿が一気にフラッシュバックする。
　つい身構えてしまう私に気づいたのか、雅くんは眉尻を下げながら笑った。

「嫌われちゃったかな」
「あ……ううん、ごめんね」
　うまくごまかせない。
　でも、嫌いとかじゃない。
　ただ、怖いんだ。
　でも、正直に言うわけにもいかないし……。
　困り果てていると、雅くんはふっと微笑んで私の肩に手を乗せる。
「たとえ嫌われてても、いいんだ」
「雅……くん？」
「きみの意思なんてどうでもいいんだよ。俺は欲しいものは全部、手に入れてきたんだから」
　そう言って、私の横をすり抜けていった雅くんは取り巻きの女の子たちと合流する。
　い、今のって……。
　私が望んでなくても、私のことを手に入れるって意味？
　どうしよう、怖い……。
　私は小刻みに震える自分の身体を両腕で抱きしめる。
　すると、雅くんのファンの子たちが私をちらりと見て、フイッと顔をそむけた。
　なんだろう……私が雅くんと話してたから嫌な思いをさせちゃったのかな。
　気にはなりながらも、私は呼ばれていたことを思い出して男の子たちのところへ行く。
「お待たせしました」

「全然いいよ。それよりさ、森泉さんも休憩中でしょ？　俺たち、ちょっと話したいなーって思っててさ」
「そうだったんだ」
　相づちを打ちつつ、私は剣斗くんを目で追ってしまう。
　それに気づいた男の子のひとりが私の前に回り込んできて、視界をさえぎった。
「やっぱり、森泉さんもああいうスポーツができる男が好みなのかな？」
「恋愛対象の話？　だったら、スポーツうんぬんは関係ないよ。好きになった人がタイプだから」
「それを聞いて安心した。まだ、俺たちにもチャンスがあるってこ……」
　男の子がなにかを言いかけたとき、ビュンッと風を切る音がした。
「ひいぃっ」
　男の子の悲鳴が耳に届く。
　目の前には私と男の子の間を割るように、竹刀が振り下ろされていた。
　ガタガタと震えながら恐る恐る視線を上げる男の子に合わせて、私も顔を上げる。
　そこには通常運転で、とてつもない威圧感をまとっている剣ちゃんがいた。
「ああ、わりぃ。虫かと思ったわ」
「急に来て、なんなんだきみはっ」
　竹刀を見て青ざめた男の子たちは、揃って後ろに飛びの

く。
「俺はこいつのボディーガードだ。変な気起こしてみろ？ ミンチにすんぞ」
　すわった目で見られた男の子たちは、蜘蛛の子を散らすように逃げだした。
　その場にふたりだけになると、剣ちゃんは竹刀を肩に担いで、私をとがめるような目で見る。
「お前、今朝の下駄箱の黒薔薇のこと忘れたのか？　安易に人に近づくんじゃねぇよ」
「覚えてるけど、あの人たちは同じ学園の人だし……」
　そう言うと、剣ちゃんは私の頭に手刀を落とす。
「うっ」
　頭を押さえると、剣ちゃんは軽くにらんできた。
「その学園の中で起こったことじゃねぇか」
「あ……」
　たしかに、そうだった。
　名家の御曹司やお嬢様が通うこの学園の警備は、警備室が設置されるほど厳重だ。
　それをかいくぐるなんて、疑いたくないけど……。
　やっぱり、学園の生徒なのかな。
「どこに犯人がいるか、誰が犯人かわからねぇんだぞ。警戒しすぎなくらいがちょうどいいんだよ」
「そう……だよね。わかった、ちゃんと気をつけるよ。じゃあ私、そろそろ出番だから行くね？」
　憂鬱な気分を隠すように笑って、剣ちゃんに背を向けた

とき——。
「待て」
　剣ちゃんに腕を引っ張られて、私は後ろによろけた。
「わっ、とと……」
　体勢を崩した私を剣ちゃんが後ろから抱き留める。
　振り返ると、剣ちゃんは険しい顔をしていた。
「お前の体操服、背中が切られてる」
「え……っ、着替えたときは切れてなんてなかったよ？」
「だろうな。さすがのお前でも、着たときにこれだけ体操服が切れてたら気づくだろ」
　さすがのって……。
　私、どれだけ鈍いと思われてるの!?
　それにしても、どうしよう。
　これじゃあ、体育の授業は受けられないよ。
　そう思っていると、開いた背中が見えないように後ろに立ってくれた剣ちゃんが男の体育の先生に声をかける。
「俺ら、体調が悪いんで保健室行きます」
「ふたりで行く必要はないだろう」
　先生は私たちがサボると思ったのか、怪しむように見てきた。
　言うまでもなく、剣ちゃんの額には青筋が浮かびあがる。
「律儀に許可をとった俺がバカだったな。おら、行くぞ」
「こらっ、待ちなさい！」
　呼び止める先生を無視して、剣ちゃんは私を体育館から連れだしてくれた。

「更衣室で制服に着替えろ。どうせもう、体育も終わる時間だしな」
「う、うん。ありがとう剣ちゃん」
　私の後ろを歩く剣ちゃんにお礼を言うのと同時に、女子更衣室の前に到着した。
「外で待ってるって言いたいところだけどよ。ロッカーにお前を狙うやつが隠れてる可能性もなくはないよな」
「ロッカーのサイズも人が入れそうなくらい大きいもんね。あの……剣ちゃん、私が着替え終わるまで中にいてくれないかな」
　おずおずとお願いすると、剣ちゃんは〝心底嫌だ〟という顔をした。
　けれど、状況が状況だけに深いため息のあと、渋々うなずいてくれる。
「こんなところ誰かに見つかったら、俺のほうが犯罪者になるな」
　更衣室に入った剣ちゃんは、私に背を向けながらだるそうにつぶやく。
「ごめんね、すぐに着替えるから」
　せっせと体操服を脱ぐと、うっすら赤い染みがついているのに気づいた私は思わず「あ！」と声を出してしまう。
「なんだよ!?」
　私になにかあったと勘違いした剣ちゃんが振り返った。
「――って、お前、なんて格好してんだよ！」
　下着姿の私にとっさに目をそらそうとした剣ちゃんだっ

たけれど、私の背中を見て動きを止める。
「背中、少し切れてんじゃねぇか！」
　剣ちゃんは慌てた様子で私に駆け寄ると、手を差しだしてくる。
「なんか、ハンカチとかねぇのか？」
「あ、うん。これ……」
　ハンカチを渡すと、剣ちゃんは更衣室にある手洗い場の水で濡らして、私の背中に当てた。
　すると、ピリッとした痛みが走る。
「っつう……」
「わりぃ、痛むか？　けど、ちゃんと傷口を綺麗にしておかねぇと」
「ううん、大丈夫だよ。ありがとう」
　振り向いて笑い返せば、剣ちゃんはほっとした顔をして、手当てを再開する。
　私は剣ちゃんに身をまかせながら、ふと不思議に思う。
　手際、よすぎない？
「手当て、慣れてるんだね」
「あー……まあ、しょっちゅうケガしてたからな」
　はっきり物を言う剣ちゃんにしては珍しく、歯切れが悪かった。
「つか、そんなことより。悪かったな、そばにいたのに守ってやれねぇで」
「え？　なに言ってるの、剣ちゃんは私のことをいつも守ってくれてるよ？」

もう一度振り向くと、剣ちゃんは唇を噛み悔しそうに目を伏せていた。
　予想もしてなかった。
　私のために、こんなに傷ついていただなんて。
　いてもたってもいられなかった私は格好も気にせずに、剣ちゃんのほうへ身体の向きを変える。
「おいっ、その格好でこっち向くんじゃねぇ」
「剣ちゃん、これくらいのケガ、私は平気」
「……そうは言ってもな。女の肌(はだ)に傷がつくって、すげぇー大事だろうが」
　剣ちゃんは私から視線を外(はず)したまま答える。
　そんな優しくて、人一倍責任(せきにん)感のある剣ちゃんの手を握(つか)った私は、強気に笑ってみせた。
「剣ちゃんのほうがずっとずっと危険な目に遭ってるのに、これくらいのことで私が怯(ひる)んでなんていられないよ」
「お前……どうして、そんなに気丈(きじょう)でいられんだよ」
　どうしてか、なんて……。
　当然、答えはひとつしかないよ。
　私はまっすぐに剣ちゃんを見上げて、ニコッと笑う。
「それは剣ちゃんのおかげかな」
「いや、俺はなんもしてねぇだろ」
「してなくないよ」
　剣ちゃん、なにもわかってないんだな。
　それがもどかしくて、私は剣ちゃんに詰め寄る。
「だって、剣ちゃんの存在が犯人を牽制(けんせい)してくれたから、

私は体操服を切られるだけですんでるんだよ。剣ちゃんがいなかったら、切られたのは私自身だったかもしれない。剣ちゃんは私の命の恩人なんだよ!」
「わかった、お前の言いたいことは十分わかった。だからいいかげん……服を着ろ!」
　あ、下着姿だったの忘れてた。
「ご、ごめんなさいっ」
　私は慌てて剣ちゃんに背を向けると、ロッカーのハンガーにかけてあった制服に着替える。
　それから私たちは間一髪、授業終了のチャイムが鳴ると同時にバタバタと更衣室を出たのだった。

Episode 4：意外な一面

　念のため、体操服が切られたことは先生に報告をした。
　どこに自分を狙っている人間がいるかわからない。
　そんな恐怖と隣りあわせで、一日学園で気を張って過ごしたあと……。
　屋敷に帰ってきた私と剣ちゃんは、１階にあるホールに直行した。
　明日、お父さんの出席するパーティーに参加するので、剣ちゃんとダンスの練習をするのだ。
「いち、に、さんっ」
　おぼつかない足でワルツのステップを踏む剣ちゃんに、私は声をかけてあげる。
「俺はこういうのは向いてねぇんだよ」
「一回も踊ったことないの？」
「あのなぁ、一般家庭でダンスする機会なんて普通はそうそうねぇぞ。ただ、最近になって親父がやたらマナーにうるさくなったな」
「そうなの？」
「あぁ。今思えば、お前のボディーガードとして社交界に出る機会も増えるからなんだろうけどよ」
「そっか……」
　家族の話をするとき、剣ちゃんは苦しそうな顔をする。
　その表情を見たら、なんて声をかけていいのかわからな

くなった。
「あー、やっぱだりぃ。俺、ダンスのときはどっかでサボるわ」
　そう言って、剣ちゃんはぱっと私から手を離すとその場を立ち去ろうとする。
「待って！」
　私はとっさに、剣ちゃんの腕をつかんで引き留めた。
「大丈夫だよ、私がリードするから」
　無理やり剣ちゃんの目の前に回り込んで、ダンスの姿勢をとるとリードしながら踊りだす。
「おい、んな強引に……うおぁっ」
　なにかを言いかけた剣ちゃんが私の足を踏みそうになった。
　なんとか避けようとして剣ちゃんは片足を上げたのだけれど、バランスを崩してしまう。
「わあっ」
　剣ちゃんは私を巻き込むようにして、床に倒れる。
　──ぶつかる！
　衝撃を覚悟して、私はギュッと目をつぶった。
　視界が真っ暗になるのと同時に、強く腰を引き寄せられる。
　すぐにドスンッという音がした。
　けれども、いっこうに痛みは襲ってこない。
　むしろ、柔らかい？
　困惑しつつ目を開けると、私は剣ちゃんの身体の上に

乗っかっていた。
「……あれ？」
　私、後ろに倒れたはずだったけど……。
　もしかして剣ちゃん、すんでのところで私の下に身体を滑り込ませてくれた？
　きっと、そうだ。
　私をかばってくれたんだ……。
「剣ちゃん、ありが……」
　鼻先がぶつかりそうなほど近い距離にいる剣ちゃんに、私は続くはずだった言葉を飲み込んだ。
　剣ちゃんの吐息(といき)が感じられて、私の胸の鼓動は加速する。
「「…………」」
　お互いに無言で見つめあって、見えない力に引き寄せられるように顔が近づいていく。
「なんでかわからねぇけど」
「うん。私もどうしてか、わからないんだけど……」
　そのあとの言葉は、お互いに口にしなかった。
　そうするのが自然であるかのように、唇が触(ふ)れあいそうになって――。
「……！」
　はっと我に返った様子の剣ちゃんが私の肩を押し返す。
「おまっ……なに、普通に受け入れてんだよ！」
　剣ちゃんは声を荒らげて、怒る。
　どうして抵抗(ていこう)しなかったのか、私だって驚いてるよ。
　私、剣ちゃんが止めなかったら、きっと……。

指で自分の唇に触れる。
　……キス、してたと思う。
　ドキドキしながら剣ちゃんを見つめると、その瞳は揺れていた。
　無意識の行動に困惑しているのは、剣ちゃんも同じみたいだ。
「自分でもわからないんだけど、剣ちゃんならいいって思ったんだよね」
「それ、意味わかってて言ってんのか？」
　どこか少し、期待を込めた言い方だった。
「え？　だって、剣ちゃんが私を傷つけることなんてないし……」
「お前、それ本気で言ってんなら、俺のことなんにもわかってねぇな」
　声のトーンが下がって、剣ちゃんの手が私の顎をクイッと持ち上げる。
　そのまま、お互いの吐息が感じられる距離で剣ちゃんがじとりとにらんできた。
「さっきは止めてやったけど、次は本気ですんぞ」
「……っ、するって、その……」
　慌てふためく私に容赦なく、剣ちゃんは唇を寄せてくる。
「実際にしねぇとわかんねぇ？」
　囁くように言ってさらに顔を近づけてくる剣ちゃんに、私はぶんぶんと首を横に振る。
「わ、わかりました！　ごめんなさい、許して……っ」

涙目になっていると、剣ちゃんがぐっと息を飲むのがわかった。
「その顔、計算してんじゃねぇだろうな」
「えっと、どんな顔？」
「男がイジメたくなる顔」
　剣ちゃんの目がまた妖しく光った気がして、私は両手で顔をおおう。
　どうしよう、どうしよう、どうしよう！
　剣ちゃんがいつもと違って、なんか……。
　色気が、驚異的なのですが。
　もう剣ちゃんの顔、見れないよ……。
　胸は呼吸もままならないくらい、ドキドキしてる。
　窒息寸前の私に、剣ちゃんがため息をつくのがわかった。
「悪ふざけがすぎた。怖がらせたな」
　その優しい声音に促されるように顔から手を外すと、剣ちゃんの手が頭に乗る。
　視線をそらしたままの剣ちゃんは、うっすらと頬が赤い。
「ほら、練習すんだろ」
「う、うん……」
　剣ちゃんから離れると、私は改めて謝る。
「あの……剣ちゃん。私のせいで、学校転校させられたり、ダンスとか慣れないことばっかりさせちゃってごめんね」
　私は剣ちゃんにもう一度会えてうれしかったけど、よくよく考えてみるとひどい話だよね。
　私のボディーガードになったのも、剣ちゃんにとっては

不本意だったわけだし……。
「その代わりと言ったらなんだけど、私が力になれることがあるなら、なんでもするから!」
「別に、お前のせいじゃねぇ。親父はもともと、俺を黎明学園に入れたがってた。お前のことは、ただのきっかけにすぎねぇよ」

　本当に、剣ちゃんは優しい。
　私が罪悪感を抱かないように、そう言ってくれてる。
　だって、お父さんが黎明学園に入れたがってるって知ってて、剣ちゃんは別の高校に行ったんでしょ?
　心から行きたい場所、いたい場所があったはず。
「あの……剣ちゃんの通ってた高校って、どんなところだったの?」
　私と出会う前の剣ちゃんのこと、知りたい。
　剣ちゃんが望んだ場所がどんなところだったのか、教えてほしい。
　そんな気持ちで尋ねると、剣ちゃんは懐かしむように宙を見上げる。
「俺みたいのがわんさかいる。不良ばっかだったけど、あいつらには裏表も駆け引きもねぇ。とにかく強ければ認められる、そんなとこだ」
「剣ちゃんにとって、大事な人たちなんだね」
「……変なやつだな、お前。俺の交友関係聞いても、なんとも思わねぇの?」
「なんともって……」

不良ばっかりってことに対して？
　それとも、とにかく強ければ認められるってことに対して？
　私の周りにはいなさそうなタイプの人たちではあると思うけど……。
　剣ちゃんは優しい顔で、その人たちのことを話してた。
　だからきっと、悪い人たちじゃない。
「お友達になってみたいなって、思うかな」
「はぁ!?　怖いとか関わりたくねぇなとか、もっとほかにいろいろあんだろ」
「そんなこと思わないよ。だって、今の剣ちゃんがいるのは、その人たちとの出会いがあってこそでしょう？　なら、私にとっても大切なんだよ」
　迷わず言い切れば、剣ちゃんはまぶしそうに目を細めて、私を見つめた。
「俺の生き方を、大事なやつらを否定(ひてい)しないでくれた女は、お前が初めてだ」
　ゆるんでいく剣ちゃんの顔に、私はつられて笑う。
「ふふっ、今度行ってみたいな」
「俺の通ってた高校に……か？」
「うん。剣ちゃんの身を預(あず)かってる保護者として、剣ちゃんの大事な人たちにあいさつしないと」
　礼儀(れいぎ)として必要だ！
　張りきってうなずけば、剣ちゃんはあからさまに嫌そうな顔をした。

「は？　なんでお前が俺の保護者なんだよ。どっちかつうーと、逆だろ。あと、連れてくのは却下だ」
「ええっ、なんで？　そんなに嫌なの……？」
　しょんぼりとしてしまう私に、剣ちゃんは困ったように自分の頭をガシガシとかく。
「嫌とか、そういうんじゃねえよ。いろんな理由で、あそこは危険だからだ」
「いろんな意味って？」
　きょとんとする私に、剣ちゃんははぁっと盛大なため息をつく。
「お前、隙が多すぎんだよ。行ったら、ぽやーっとしてるうちにすぐに食われる。以上」
「ええっ、勝手に終了しないで！」
　なんだかんだ言っている間に日は暮れていき……。
　気づけば私たちは、ダンスの練習をそっちのけで出会う前のお互いの話に花を咲かせていた。

　翌日の放課後、私はドレスアップしてお父さんが招待された国の要人が集まるパーティーに参加していた。
　剣ちゃんも私を守るため、タキシードを着せられて私をエスコートしてくれている。
「剣ちゃん、私ね。今日は少しだけ、気分が楽なんだ」
「は？　なんで」
「いつもは偉い人にあいさつするとき、すごく緊張するんだけど……」

私は剣ちゃんを見上げると、タキシードのジャケットを軽く引っ張る。
「剣ちゃんが隣にいるから、変に気を張らずにいられてるんだ」
「……お前、そういうことよく平然と言えるよな。恥ずかしくねぇの？」
　剣ちゃんは片手で口もとをおおい、顔をそむけた。
　心なしか、顔が赤い気がする。
「もしかして剣ちゃん、照れてたり……？」
　反応をうかがいつつ、私は剣ちゃんの顔を覗き込む。
「近いんだよ、襲われてぇのか」
　私の顔を手のひらで押しのけた剣ちゃん。
　もう、そんなこと言って……。
「脅そうとしても、ダメだからね。剣ちゃんが本気じゃないことくらい、わかるんだよ？」
「そういうことじゃねぇんだよ。そうやってむやみやたらに近づくと、男は勘違いすんだ。だから、もっと警戒心をもてって……いや、お前に言ったところでムダか」
「ムダって、ひど──」
　勝手に諦めた剣ちゃんに抗議しようとしたとき、パーティーに参加している20代くらいの男性が「ちょっと、いいかい？」と声をかけてくる。
「森泉先生の娘さんだね。よければこれを」
　男性はスッとぶどうジュースが入ったグラスを差しだしてきた。

喉、渇いてないんだけどな。

でも、受け取らないのは失礼だよね。

剣ちゃんとも、もっと話してたかったのに……残念。

内心がっかりしながら、私は会釈をしてグラスに手を伸ばした。

……はずだったのだけれど、横からグラスを奪われる。

「じゃ、遠慮なく」

そう言って、剣ちゃんは私のぶどうジュースをゴクゴクと一気飲みした。

「ええっ」

なにしてるの、剣ちゃん！

そんなに喉がカラカラだったの!?

私が絶句している間にぶどうジュースを飲み干した剣ちゃんは、手の甲で乱暴に口をぬぐう。

「ごちそうさん」

黒いオーラをまといながら、剣ちゃんはグラスを男性に突き返した。

「それでは、失礼します」

丁寧な口調とは相反して、剣ちゃんは親の仇でも見るようにキッと男性をにらむ。

その剣幕にあとずさった男性に、剣ちゃんはふんっと鼻を鳴らすと私の手を引いて歩きだした。

しかし、今度は今年30歳になる財閥のご子息から呼び止められる。

「ぜひ今度、愛菜さんにも我が家のホームパーティーに来

ていただきたい。お互いのことを知るいい機会に……」
「結構です」
　横からご子息の言葉をさえぎった剣ちゃんは、勝手に誘いをはねのけると私を連れてホールの隅（すみ）まで行く。
「どいつもこいつも……お前を見てんぞ。気色わりぃため息までつきやがって」
　文句をたれつつ、剣ちゃんは近寄ってくる男の人たちを舌打ちで追い払っている。
　すごい特技……ちょっと私も身につけたいかも。
「あいつら、ひと回りもふた回りも年上じゃねぇか。鼻の下伸ばしやがって……殴りてぇ」
　今にも飛びかかっていきそうな剣ちゃんの腕に、私は慌ててしがみつく。
「それは絶対にダメ！」
「止めんな！　っていうか、お前もお前だ！」
　剣ちゃんは恨（うら）めしそうに私をにらんだ。
「もっと近づくなって威圧しろ。でねぇと、ああいうハイエナどもがわらわら寄ってくんぞ」
「ハイエナ？」
「そうだ。こんな調子じゃ、相手が女慣れしてたら、お前なんて秒で食われてる」
　そんな、大げさな。
　たしかに、いちいち誰かに呼び止められて、その都度（つど）相手をしなきゃいけないのは大変だけど……。
　威圧なんて剣ちゃんじゃあるまいし、できないよ！

「お前、こんな媚びへつらって近寄ってくる下心丸出しの人間相手に、よくへらへらしてられんな。参加したくねぇとか思わねぇの？」
「うーん。疲れはするけど、参加したくないとは思わないかな」
「あぁ、お前もできるなら玉の輿に乗りたい口か？ 女って、そういう生きもんだもんな」
　不機嫌そうに悪態をつく剣ちゃんに、私は不思議に思いつつも訂正する。
「玉の輿？ あ、結婚相手を探してるとかじゃないよ」
「ならなんで、進んで参加すんだよ？」
　不満がありありとわかる声で尋ねてきた剣ちゃんは、腕を組んで壁によりかかると、私を横目に見た。
「私がこうしてお父さんに縁がある人たちと仲良くしてれば、いつかお父さんが窮地に立たされたとき、助けてくれるかもしれないなって」
　はたから見れば、ただ笑って媚びへつらってるだけに見えるかもしれない。
　だけど、これは私なりの戦いなんだ。
　私の言葉を聞いていた剣ちゃんは、じっと見つめてくる。
　それから少しして、すっと目をそらした。
「……そうかよ」
　ぶっきらぼうな言い方だったけれど、剣ちゃんは私の考えを否定しなかった。
　ふたりの間に少しだけ穏やかな空気が流れたとき、会場

の明かりが消える。
「きゃあっ」
　びっくりして悲鳴を上げると、誰かの腕が腰に回って、ぐっと引き寄せられた。
「落ち着け、俺がいるだろーが。それでも怖いか？」
　この声……剣ちゃんだ！
「ううん、もう怖くない」
　抱き寄せてくれたのが剣ちゃんだとわかって、私は安堵(あんど)する。
　ホールは騒ぎになり、薄暗がりのなか、参加者たちは出口に向かって走りだしている。
　その混乱に乗じて、目の前に黒ずくめの男たちが現れた。
「ガキ、森泉の娘を置いて下がれ。そうすれば、見逃してやる」
　キラリとなにかが光る。
　あれって……この人たち、手にナイフを持ってる！
　もしここで私が剣ちゃんを頼ったら……ううん、ダメだ。
　剣ちゃんがケガするかもしれない。
　そんなの絶対に嫌だから、私は思わず剣ちゃんから離れようとした。
　次の瞬間――。
「余計(よけい)なお世話だっての」
　ぐいっと剣ちゃんの腕に、強く抱き寄せられる。
「お前も勝手に離れんじゃねぇよ。守りにくいだろうが」
「剣ちゃん……」

「なに考えてんだか知らねぇけど、俺は一度した約束はぜってぇに守る」

　剣ちゃんは私を守るって、言ってくれてるんだ。

　わかりづらいけど、まっすぐな剣ちゃんの思いに心が揺り動かされる。

　頼っても、いいのかな。

　一緒にいても厄介事しか運んでこない私が、そばにいてもいいのかな。

　もし、許されるなら……。

　私はためらいがちに、剣ちゃんの胸にしがみついた。

　剣ちゃんから、離れたくない。

「それでいい、ちゃんとつかまってろ」

　満足げにそう言って剣ちゃんが不敵に笑ったとき、「愛菜！」と呼ばれる。

　視線を動かすと、お父さんがこちらに駆け寄ろうとしているのが見えた。

　しかし、目の前に立ちふさがってる男たちがそれを阻止するように私たちに向かって襲いかかってくる。

「ちっ、走るぞ」

　剣ちゃんが私の手を引いて、ホールの出口めがけて駆けだした。

「とりあえず、ここから出るぞ」

　こちらを振り返ることなく剣ちゃんはそう言うと、ホールを出て会場の外に通じる正面玄関を目指す。

　赤いカーペットが敷かれた中央階段を下りていき、出口

まであと一歩というところで、先回りしていた黒ずくめの男たちに行く手を阻(はば)まれた。
「剣ちゃん……」
　私は剣ちゃんの手を握りしめる。
　傷つかないでほしい。
　もし、剣ちゃんがケガをしたらと思うと……怖い。
　そんな私の気持ちに気づいたのかもしれない。
　剣ちゃんは私を振り返って、ふっと笑った。
「安心しろ、前みてぇにあいつらをボコボコにはしない。でねぇと、お前がうるせぇからな」
「今はそんな心配してないよ！　私はただ、剣ちゃんに無茶(むちゃ)してほしくなくて……」
「おい、落ち着け」
「無茶言わないでっ」
　大切な人を危ない目に巻き込んでおいて、平常心でいられるほど、私……強くないんだよ。
「剣ちゃんが死んじゃったら、どうしようっ」
　感情が高ぶって、涙が出てくる。
　ぽろぽろと頬を伝って落ちていく雫(しずく)を剣ちゃんは乱暴にタキシードの袖でぬぐってくれた。
「勝手に殺(ころ)すな、バカ。こっちは親父と小せぇ頃から稽古(けいこ)してんだ。手加減(かげん)するほうが難(むずか)しいっつーうの」
　バカなんて言いながら、剣ちゃんは優しく私の頭を撫でてくる。
「信じて待ってろ。いいな？」

私に言い聞かせる剣ちゃんの声は、いつもより柔らかい。
「剣ちゃん、わかった……信じてる」
　だけどね、どうか無事でいて——。
　剣ちゃんは私の手をやんわりと離すと、階段を数段飛ばして男たちとの距離を詰める。
「歯ぁ食いしばれよ！」
　その勢いのまま、流れるような動きで剣ちゃんは男に殴りかかった。
「ぐあっ」
「寄ってたかってじゃねぇと女ひとりさらえねぇクズなだけあって、準備運動にもならねぇな」
　男をひとり倒した剣ちゃんは余裕の笑みを浮かべたまま、首を回している。
　その態度に、男たちは激怒した。
「ちょこまかと動きやがって！」
「お前らがのん気に地蔵みてぇに突っ立ってるだけだっつーの。あぁ、俺の動きについてこれてねぇだけか」
　挑発するように剣ちゃんは口の端で笑うと、あっという間に数人の男たちを倒してしまった。
「おら、片づいたぞ」
　剣ちゃんは階段下から、私に手を差しだす。
　タキシードもよれよれで、頬には拳がかすったのか傷がある。
　それでも剣ちゃんの瞳には揺るぎない強さが宿っていて、私はこんな状況なのに見惚れていた。

剣ちゃん、本当に勝っちゃった。
　　やっぱり、私のヒーローだ。
　　しみじみとそう思っていたら、微動だにしない私にしびれを切らしたのだろう。
　　剣ちゃんは階段を上がってくると、私の手を取る。
「ぼさっとしてんな！　行くぞ！」
　　剣ちゃんに手を引かれて、一気に階段を駆け下りる。
　　恐怖で足がすくみそうになるけれど、つないだ手から伝わる剣ちゃんの温もりに励まされて、なんとか逃げることに成功した私たちは……。
「娘を守ってくれて、ありがとう」
　　お父さんとも合流することができた。
「剣斗くんのおかげで、私はまた愛菜に会えた。本当に、本当にありがとう……っ」
　　剣ちゃんはものすごく感謝されていて、お開きになったパーティーから屋敷に帰ってくる頃には、もう真夜中になっていた。

「しみる？」
　　帰宅して早々に、私はリビングルームで剣ちゃんのケガの手当てをしていた。
　　頬のすり傷をピンセットに挟んだ綿球で消毒していると、どんどん視界がぼやけてくる。
　　あれ、おかしいな。
　　助かったのに、どうして涙が出てくるんだろう。

自分でも理由がわからなくて、消毒していた手が止まる。
　そんな私に気づいた剣ちゃんがため息をつく。
「ケンカばっかしてたときは、これ以上にすげぇケガしてたし、大したことねぇ。だから泣くな、うっとうしい」
　剣ちゃんは困ったような顔をして、乱暴に私の頭をわしゃわしゃと撫でてくる。
　私はたまらず、その手を取って自分の頬にくっつけた。
「剣ちゃんにとっては大したことなくても、私にとっては一大事みたい」
「あ？」
「私、剣ちゃんが傷つくと涙が出ちゃうみたい」
　この体温を失ってしまったらと思うと、たまらなく怖いっ。
　ズズッと鼻をすすると、剣ちゃんは目を丸くした。
　それからしばらく沈黙(ちんもく)があり、やがて剣ちゃんは私をそっと抱きしめる。
「お前も災難(さいなん)だな。政治家の娘じゃなきゃ、もっと安全に、普通に暮せたってのに」
　そうかもしれないけど……。
　お父さんの娘じゃない自分なんて、想像(そうぞう)できない。
　私は剣ちゃんの腕の中で、顔を上げる。
「私はお父さんの娘に生まれてきたこと、誇りに思ってるよ。だからどんな危険な目に遭ったとしても、お父さんの子どもになれたことを後悔(こうかい)したりしない」
　凛(りん)と胸を張って答えると、剣ちゃんは目を見張った。

「お前、そういう顔もするんだな」
「そういう顔って？」
「迷いがねぇっつーか、怖い思いすげぇしてるはずなのに、凛としてるっつーか。……まあ、その、なんだ」
　後頭部に手を当てながら、剣ちゃんは視線をさまよわせると、チラッと私を見る。
「……かっこいいんじゃねぇの」
　あれ？
　今、私、ほめられてる？
　もごもご答える剣ちゃんに首をかしげていると、ムッとした顔をされた。
「あんま、こっち見んな」
「え、なんで!?」
「なんででも、だ」
　剣ちゃんは私の頭を押さえて、強制的に下を向かせる。
　その拍子に、剣ちゃんの頬が赤くなっていたのを見てしまった。
　なんでか、照れているみたいだ。
　わかりづらいけど、私のことを認めてくれているのはわかる。
　ありがとう、剣ちゃん。
　心の中で感謝しながら、私は剣ちゃんの傷口にガーゼを当てて、テープで固定した。
「剣ちゃん、もうひとつね。私がこの家に生まれてよかったって、そう思える理由があるんだ」

改まって切りだしたからか、不思議そうにしている剣ちゃんに私はにっこりと笑う。
「政治家の娘じゃなかったら、剣ちゃんとも出会えてなかったかもしれない」
　私は剣ちゃんの頬のガーゼに、そっと指先で触れる。
「だから私は、普通の女の子が送るような平和な日常が送れなくてもいいんだ。剣ちゃんと巡りあわせてくれた境遇のすべてが、私の宝物！」
「お前……やっぱすげぇな」
　剣ちゃんは「まいった」とこぼしながら、ガーゼに触れている私の手を包み込むように握る。
「か弱い女のはずなのに、時々……目が離せねぇほど、お前が強く輝いて見えんだよ」
　剣ちゃんの眼差しが熱をもっている気がした。
　見つめられていたいのに、居心地が悪い。
　相反する感情に心がかき乱されていると、剣ちゃんは私の動揺に気づいたのか、話題を変える。
「お前は、親父さんみてぇに政治家になんのか？」
　恥ずかしさをごまかすためか、剣ちゃんの口調はぎこちない。
　私も赤くなってるだろう顔を隠すようにうつむきながら、しどろもどろに答える。
「わ、私は……世の中を変えたいって願ってる、お父さんの力になりたいんだ」
「しっかり、考えてんだな」

「でも、その方法がまだ明確には見つかってないんだ。だから、まだまだっていうか……」
　口先ばっかで情けないな。
　肩をすくめて苦笑いすると、剣ちゃんは目を細めてかすかに唇で弧を描く。
「そんなことねぇよ」
「剣ちゃん……」
「危険な目に遭ってんのに、それでも親父さんの力になりてぇって気持ちを見失わないだけでも十分だ」
　今できることをとりあえずやってきた。
　そんな私を認めてくれたようで、心に光が差す。
「ありがとう、うれしい」
　ありきたりな言葉だけじゃ足りなくて、はにかめば……。
「そうかよ」
　剣ちゃんは照れくさいのか、そっけなく返事をしてそっぽを向いてしまう。
　今なら、剣ちゃんの将来のことも聞けるかな？
　なごやかな空気に背中を押されて、私は思い切って尋ねる。
「剣ちゃんは、今もまだお父さんと同じ警察官にはなりたくないって思ってる？」
　その話題に触れたとたん、剣ちゃんの顔が強張る。
　怒らせちゃったかも……。
　ハラハラしながら見つめていると、剣ちゃんはゆっくり

と絞りだすような声で話しはじめる。
「……俺は親父と同じ道だけは、ぜってぇに進まねぇ」
「そっか……うん。剣ちゃんの未来は剣ちゃんのものなんだから、好きに生きていいと思うよ」
　なにか、考えるところがあるんだと思う。
　私も政治家の娘だから、跡を継いでほしいって、そう期待されることがないわけじゃない。
　その期待が私の本当にしたいことを曇らせてしまって、自分の気持ちがはっきり見えなくなる苦しさ。
　それを知っているからこそ、剣ちゃんの葛藤は少しだけ理解できた。
「俺に親父と同じ警察官になることを期待するやつらは大勢いたけど……」
　剣ちゃんは、私の頬を宝物に触れるみたいにさする。
「別の道を歩いてもいいって言ってくれたのは、お前だけだ。やっぱ、変な女だな」
　言葉遣いはひどいのに、声は果てしなく優しい。
　少しだけ雰囲気が柔らかくなった剣ちゃんに、私もいつの間にか居心地のよさを感じていた。

Episode 5：変な女【side 剣斗】

　パーティーの一件から数日後。
　学園の昼休みに愛菜と萌、学と一緒にランチルームでご飯を食べていたときだった。
『黎明学園の生徒の皆さん、あなた方は今から我々が身代金をいただくための人質です』
　突然流れたアナウンスに、向かいの席にいた萌が「ぶほっ」と牛乳を噴きだす。
『そこを動かないでください。従わなければ、命の保証はできませんので、お忘れなく』
「父さん……学園長は今日、学園を留守にしている。その隙を狙って、バカなやつらが忍び込んだか。警備に問題があるようだな」
　眼鏡を人差し指で押し上げながら、冷静に状況を分析する学に俺は顔を引きつらせた。
「お前、冷静すぎるだろ」
「この学園は資産家や著名人の子どもばかりが集まるんだぞ。金銭目的に事件を起こすには絶好の場所だ。珍しいことでもない」
　冷静な学とは反対に、萌はあわあわと腰を上げたり座ったりを繰り返す。
「どどどっ、どうしよう！　逃げないと！」
　ほかの生徒たち同様に慌てだす萌の口に、学はミート

ボールをつっこんで黙らせた。
「んぐっ……うう」
「声が大きい、静かにしないか」
　そう言って学は立ち上がり、生徒たちに声をかける。
「みんな、落ち着くんだ。犯人の目的は身代金。金を得るまでは、俺たちの命はとらない。ここでおとなしく、警備員が警察に通報するのを待とう」
　生徒会長の指示だからか、みんなはひとまずうなずいてランチルームで待機する。
　さすが、生徒会長。
　だてに800人近くいる全校生徒をまとめてるわけじゃねぇんだな。
　学の冷静さと人望の厚さに感心していると、ふいに愛菜が静かなのが気になった。
　もしかして、怖いのか？
　隣を見ると、愛菜は意外にも取り乱すことなく静かに座っている。
　そういやあ、こいつ……。
　今までも危険な目に遭ったとき、泣き叫んだりしなかったよな。
　それに驚いていると、ランチルームに犯人と思われる男の集団がやってくる。
　それは数日前にパーティー会場で見た、黒ずくめの男たちと同じ身なりだった。
　あいつらの狙いは愛菜かもしれない。

「お前は顔を伏せてろ」
　愛菜の頭を自分の膝の上に押しつけるようにする。
　犯人たちは生徒の顔を順番に品定めするようにして、ランチルーム内を歩き回り、愛菜に目をつけた。
「森泉の娘だな。こちらへ来い」
　くそっ、やっぱりこいつが狙いか。
「離せ！」
　俺は乱暴に愛菜の腕をつかむ男を突き飛ばそうとした。
　けれど、膝の上に愛菜がいることを忘れていた俺はうまく立ち上がれず──。
「ぐっ」
　胸倉(むなぐら)をつかまれ、乱暴に椅子(いす)から引きずり倒される。
「剣ちゃん！」
　愛菜の泣きそうな悲鳴が床に転がった俺の耳に届く。
　……ったく、俺のことより自分の心配しろよ。
　犯人たちに囲まれて、殴られそうになっている俺を目の当たりにした愛菜は、自分の腕をつかんでいる犯人の顔を毅然(きぜん)として見上げた。
「あなたたちと行きます。だから、ほかのみんなは解放してあげてください」
　……は？
　あいつ、なに言ってんだよ。
　俺はさっと血の気が失せていくのを感じながら、身体を起こそうとした。
　でも、すぐに犯人のひとりに気づかれて、背中を容赦な

く踏みつけられる。
「ぐはっ」
「や、やめて！ 剣ちゃんに、ひどいことしないでっ」
　愛菜は聞いてるこっちが苦しくなるほど、痛みをこらえたような声で叫ぶ。
　そんな愛菜に犯人は淡々と告げる。
「それを聞く義理はない。俺たちに命令できる立場にはないんだよ、お嬢ちゃん」
「こ、これは命令じゃなくて、ア、アドバイスです。人質が多すぎると、あなたたちも動きにくくないですか？」
　声を震わせながらも、愛菜は説得を重ねる。
「これだけの生徒の動きを一度に見張っていられますか？ どのみち、あの放送をした時点でこの学園の警備が警察に通報していると思います」
「それは、そうだが……」
　落ち着いた愛菜の言葉に、初めて犯人が動揺を見せた。
　それを好機だとばかりに、愛菜は畳みかけるように言う。
「私が目的なんですよね？」
「ああ、お前の親はクリーンなんだろ？ いちばん金を弾んでくれそうだしな」
「そうですね。身代金を手に入れて、逃げるための人質を確保するなら、私ひとりで十分だと思います。暴れたり逃げたりしませんから、どうぞ連れていってください」
　おいおいおい。
　なんで自分から、進んで人質になろうとしてんだよ。

自分を犠牲にすることをいとわない愛菜の正義感に、俺の胸には焦りとイラ立ちがわき上がる。
　お前が傷ついてまで、矢面に立つ必要ねぇだろ。
　お前が無事じゃなきゃ、本当の意味で誰かを守れたとは言えねぇんだぞ。
　ちゃんと、わかってんのかよ？
「待て、愛――」
「大丈夫。私は大丈夫だよ」
　俺の言葉をさえぎって笑う愛菜に、頭が真っ白になる。
　本当は怖いくせに……。
　あいつは今、俺を安心させるためだけに笑ってる。
　あの細い身体のどこから、わき上がってくるんだか。
　愛菜の心の強さに胸を打たれた。
　絶対に行かせねぇ。
　俺は背中を踏みつける男の足をつかんで転ばせると、愛菜に向かって走る。
「おっと、誰が動き回っていいって言った？」
　愛菜のことしか目に入っていなかったせいで、俺は別の男たちにはがい締めにされた。
　それを振り払おうとしたがかなわず、俺は叫ぶ。
「くそっ、離せよ！」
　そうやって犯人ともみ合っている間に、愛菜は連れていかれてしまった。

　ランチルームに残された生徒たちは、愛菜との取引に応

じた犯人たちによって学園の外に出られることになった。
　俺が取り乱したせいだ。
　あいつが奪われると思っただけで、冷静でなんていられなかった。
　無力(むりょく)だった自分自身に、どうしようもなく怒(いか)りがわく。
「おい、矢神」
　犯人に先導(せんどう)されながら、列になって昇降口に向かっていると学が小声で話しかけてきた。
「森泉のナイトなんだろ、これからどうするつもりだ」
「俺は校内に残る。あいつ、天然(てんねん)かと思いきや意外と行動力あるからな。そばで見張ってねぇと無茶すんだろ」
「違いないな。なら、俺たちにまかせろ。その機会を作ってやる。花江」
　学は萌をちらりと見る。
　その視線を受けた萌はツインテールを揺らしながら小首をかしげた。
「うん、なにかな？」
「腹痛(ふくつう)で苦しめ」
　突拍子(とっぴょうし)もない命令に、萌は少しも反論することなく敬礼する。
「了解しました、閣下！　あいたたたっ」
　さっそくお腹を押さえてしゃがみ込む萌に、犯人たちの意識が向いた。
　そのわざとらしい演技(えんぎ)に、学は冷ややかな顔をする。
「とんだ大根(だいこん)役者だな。まあいい、今のうちに離れろ」

学が俺にそう耳打ちする。
　俺は小さくうなずくと萌と学が作ってくれた隙を利用して、犯人の目をかいくぐり、愛菜のもとへ走る。
　愛菜、どこにいるんだよ。
　早く駆けつけなければと思うほど、足早になる。
　考えろ、あいつの居場所を……。
　俺は焦りながらも、思考を働かせる。
　人質を確保しても、いつ警察が乗り込んでくるかわからない状況で学園内をうろうろ歩き回ったりはしねぇだろ。
　なら、犯人たちはこの学園の中でも最初に侵入に成功した場所に行くんじゃねぇか？
「つーことは、放送室か！」
　答えを導きだした俺は階段を駆け上がって、放送室がある階にやってくる。
　すると案の定、これからどう逃げだすか話しあっている犯人たちの会話が聞こえてきた。
　俺は放送室前の廊下の壁に背をつけると、こっそり中の状況を確認する。
　どうやって、あいつを助ける？
　はやる気持ちを深呼吸で落ち着けて、俺が策を練っていると……。
「なあ、この子すげえかわいくねぇ？　ちょっとくらい、いいよな？」
　ドアについた小さな窓から確認すると、犯人のひとりが愛菜へと近づいていくのが見えた。

それを確認した瞬間、俺は頭に血が上って、作戦もへったくれもなく放送室に飛び込んでいた。
「——てめえ！　誰の女に手ぇ出してんだよ！」
　俺は愛菜に馬乗りになろうとしていた犯人の襟をつかんで、背負い投げる。
「どあっ」
　犯人が壁にぶつかるのを見届けることなく、俺は教室の隅に立てかけてあったホウキを握った。
「この野郎、よくもやりやがったな！」
　怒鳴りながら襲いかかってきた犯人に、俺はふうっと息をついて精神統一する。
　落ち着け、今度こそ愛菜を取り返さねぇと。
　本来の目的を思い出し、静かに上段に構えたホウキを犯人の脳天目がけて振り下ろした。
　そうして犯人全員を気絶させると、俺は後ろ手に縛られていた愛菜の縄を解いてやる。
「おい、なにもされてねぇだろうな？」
「うん、大丈……剣ちゃんっ、後ろ！」
　愛菜が叫んだのと同時に、犯人のひとりが起き上がった。
　とっさに愛菜を胸に抱き込んで横に転がるも、腕をナイフの刃がかすめる。
「っつう……」
　俺は痛みをこらえながら、愛菜を突き飛ばして犯人から距離をとらせた。
　その一瞬の隙を突くように、俺の背後に人の立つ気配が

する。
「しまっ……」
「お嬢ちゃんを気遣ってる場合か?」
「ぐはっ」
　俺は犯人に殴られて、床に倒れ込んだ。
「ガキのくせに、生意気なんだよ!」
　俺の上にまたがる犯人に、愛菜が叫ぶ。
「剣ちゃん!　お願い、やめてっ」
　愛菜が泣いてる。
　そんな目に遭わせた犯人の男にも自分自身にも、無性に腹が立った。
「なめんな、俺は寝技も得意なんだよ……!」
　俺は犯人の胸倉をつかんで、あっという間に体勢を逆転させると思いっきり殴る。
「ぐあっ、くそ……っ、あんなガキの言うこと、真に受けるんじゃ……なかった……」
　あんなガキ?
　なんのことだ?
　大事なことを言わずに気絶した男に呆れつつ、疑問を振り払って立ち上がった俺は愛菜の手をつかむ。
「立てるか?」
　声をかけると、愛菜は俺のワイシャツににじんだ血を青い顔で凝視していた。
　俺のケガを気にしてんのか?
　しょうもねぇことで、傷つきやがって。

俺は座り込んでる愛菜の頭に手を乗せる。
「大丈夫だ」
　声をかけると愛菜は無言でうなずいた。
　俺はその手を引いて、屋上に向かう。
　念のため、放送室から拝借したホウキをつっかえ棒代わりにして、屋上の扉が開かないようにした。
　扉を背に座り込むと、愛菜は震える手で俺の腕にハンカチを巻きつける。
「ごめんね、ごめんねっ」
　ぽろぽろと涙をこぼしながら、愛菜は何度も俺の腕をさすった。
　自分のことでは泣かねぇのに……。
　他人のためになら泣くんだな、こいつ。
　そう思ったら、目の前の小さな存在が急に愛しく思えた。
　守ってやりたい。
　そんな感情が底なしにあふれてくる。
「お前のせいじゃねぇだろ。わんわんうるせぇ、泣くな」
　こういうとき、素直に慰めてやれない自分の性格がつくづく嫌になる。
　俺は涙で濡れる愛菜の顔を、手のひらでゴシゴシとぬぐってやった。
　すると、愛菜は俺の指をぎゅっと握る。
「私が……っ、ケガすればよかったのに。剣ちゃん、私と関わったからこんな目に遭って……」
　全部しょい込むところは、こいつの悪いとこだな。

あと、怖いときに怖いって言えないところも、俺は人の感情を察するのが苦手だから困る。
「あー、面倒くせぇ」
　けど、仕方ねぇ。
　俺は愛菜に手を伸ばすと、どこにも逃げられないように腕の中に閉じ込めた。
　抜けてるかと思えば、変なところで芯が強いし。
　強いかと思えば、俺のためにすげぇ泣くし。
　目が離せねぇ。
　守りてぇって、思っちまうこの気持ちを……。
　俺はもう、ごまかせねぇんだよ。
　男どもにさらわれたときは心臓が止まるかと思った。
　でも、こうして愛菜の温もりを感じたら、ようやくこいつを取り戻せたことを実感できた。
「お前がケガしたら、俺が助けにきた意味ねぇだろうが」
「剣ちゃんがケガしたって、私がひとりで人質になった意味がないよ」
　やっぱりこいつ、学園の生徒のために自分を犠牲にしようとしたんだな。
　俺を守ろうとか、100年早いんだよ。
　俺はコツンッと愛菜の額に自分の額を重ねる。
「俺は男なんだからいいんだよ。だからお前は、おとなしく俺に守られてろ」
「剣ちゃん……」
　愛菜は目を見開く。

その驚きの表情は、みるみるうちにくしゃくしゃにゆがんでいき、愛菜は何度も口の開閉を繰り返して、告げる。
「ごめ……ううん、ありがとう」
　涙目で微笑む愛菜に、胸がぎゅっと締めつけられる。
　くそっ、なんだこれ。
　自分の身体に起きた異常事態にとまどっていると、遠くでパトカーのサイレンの音がした。
　もう大丈夫だな。
　そう確信した俺は、泣きじゃくっている愛菜の頭を撫でながら声をかける。
「警察が犯人を確保するまでは、ここで身を隠すぞ」
「うん、わかった。あと……剣ちゃん、助けにきてくれてうれしかったよ」
　腕の中で、ふわっと花が咲いたような笑顔を向けてくる愛菜を見た瞬間――。
　かわいすぎんだろ。
　近くで見ると、クリッとした二重の瞳やふっくらとした唇が否応なしに目に入って、心臓がやたら騒がしくなる。
「なっ……んだよ、急に」
　なんとか返事はしたが、声がうわずった。
　それにまったく気づいていない愛菜は、俺の下心なんて気づきもせずに見上げてくる。
「ちゃんと伝えておきたかったの。今も剣ちゃんがそばにいてくれるから、私は落ち着いていられる。剣ちゃんといると、安心するんだ」

愛菜は人の気も知らないで、俺の胸に頬をすり寄せた。
「ぐっ」
　なんなんだ、このかわいい生き物は。
　こいつ、俺の忠告忘れてねぇか。
　そんなうれしそうな顔ではにかみやがって、危機感がなさすぎなんだよ。
　心の中で邪な感情をぶちまける。
　理性なんてとっくに役立たずで、俺は一度触れてしまった愛菜の温もりを突きはなせない。
　こいつを離したくないとか、わけわからねぇ。
　ダメだと何度も思いながら、もう一度、理性と戦った結果……。
　俺は呆気なく負けて、愛菜をさらに強く抱きしめるのだった。

Episode 6：新鮮な休日

　昨日の事件の影響で、学園は休校になった。
　屋敷にいてもつまらないからと、私は乗り気じゃない剣ちゃんをなんとか説得して……。
　ついに、剣ちゃんの通っていた"不良校"にやってきていた。
　見上げた学校の外壁には、カラースプレーで【喧嘩上等！】【天下統一！】と書かれている。
　おお……。
　変わった芸術作品だなあ。
　私はうずうずしながら、剣ちゃんの腕を引っ張る。
「ねぇねぇ剣ちゃん、このアート斬新だね！」
「は？　アート？」
　剣ちゃんは得体の知れないものを見た、みたいな顔をした。
「カラフルなペンキで、四字熟語を書き殴るなんて、普通じゃない！　まさに天才の発想、ピカソ並みの才能を感じるよ！」
「お前のセンス、どうなってんだよ！　それはただの落書きだ」
　驚愕の表情を浮かべる剣ちゃんと一緒に校内に入る。
　剣ちゃんは中を案内してくれているのだけれど、さっきから人っ子ひとりすれ違わない。

「あれ、今日って平日だよね？」
　そう尋ねると、少し前を歩いていた剣ちゃんが振り返る。
「あ？　そうだけど」
「そうだよね……。でもなんか、静かじゃない？」
「あー……まともに授業受けてるやつ、いねぇからな」
「え？　全校生徒が校外学習に行ってる……みたいな？」
「それはずいぶん大掛かりな校外学習だな」
　んなわけねぇだろ、と言いたげな顔で、剣ちゃんはどんどん進んでいく。
　すると、職員室に続く廊下に椅子の山が積み重ねられているのを発見した。
「わあ。あのオブジェ、すごいね！」
「……あれはオブジェじゃねぇ。教師が入ってこれねぇように、誰かが道をふさいだんだろ」
　もはや宇宙人を目の当たりにしたような目で、剣ちゃんは私に説明してくれる。
　私は見るものすべてが新鮮で、ワクワクして……。
「剣ちゃん、モーツァルトの目に画鋲が刺さってる！」
「小学生みてぇなイタズラだな」
　気づけば私は、剣ちゃんを質問攻めにしていた。
「あ、部活勧誘のポスターがある！」
　私は廊下の掲示板に駆け寄る。
　黎明学園にも部活はあるけど、バイオリンやピアノ、書道やフェンシングといった品格や教養を重視したものばかり。

でも、剣ちゃんの通っていた学校は違うみたい。
「えっと、【肉体強化部】に【サバイバル部】？　これって、どんな部活？」
「ろくなもんじゃねぇから、お前は知らんでいい」
「えー、でも気になるなぁ」
「ざっくりまとめると、ケンカが強くなる部活だ。ほら、あんまりはしゃいでんなよ。行くぞ」
　剣ちゃんは困ったように笑うと、私の手を引く。
　最後に向かった先は体育館だった。
　体育館に近づくにつれて、ボールが床をバウンドする音と笑い声が聞こえてくる。
「俺のダチだ。たいてい、ここでサボッてんだよ」
「剣ちゃんのお友だち!?　わぁっ、会えるの楽しみだなぁ」
　ワクワクしながら体育館に顔を出すと、剣ちゃんの友だちがバスケをしていた。
「おおっ、剣斗じゃん！」
　すぐに、ひとりが剣ちゃんに気づいた。
　私たちはあっという間に、剣ちゃんの友だちに囲まれる。
　緑のメッシュが入った銀髪に、まぶしいほどの金髪。
　みんな髪が色とりどりだなあ。
　あと、鼻ピアスはちょっと痛そう。
　独創的なファッションの彼らに、私の好奇心はくすぐられまくりだ。
「剣斗の彼女か？」
「剣斗のくせにかわいい女捕まえやがって、生意気なんだ

よ。俺にも黎明学園の女の子、紹介しろ!」
　友人たちにからかわれる剣ちゃんは「うるせぇ」と言いながらも、どこかうれしそう。
「こいつは俺と同じクラスの森泉愛菜だ。以上」
　簡単に、私のことをみんなに紹介してくれた剣ちゃん。
　みんなは「それだけかよ!」といっせいにツッコミを入れた。
「こいつのことは詮索(せんさく)すんな」
「なんだよ、剣斗にしてはガード固いじゃん。いつも彼女ができたって、嫉妬(しっと)とかしねぇのに」
「彼女じゃねぇけど、手は出すな」
「ますます意外だな。付き合ってないのに剣斗が牽制するとか、愛菜ちゃん何者?」
　剣ちゃんの友だち全員の視線が私に向けられる。
　なんだか、尊敬(そんけい)の眼差しで見られている気が……。
「というか、剣ちゃん。どんだけ、彼女に興味(きょうみ)がなかったの!?」
　私は彼氏(かれし)がいたことがないから、わからないけど……。
　好きな人が別の異性と仲良くしてたら、嫉妬するものじゃないのかなぁ。
　剣ちゃんは彼女が自分以外の男の子と一緒にいても平気なの?
　もし、私が剣ちゃんの彼女になっても……って!
　私と剣ちゃんが付き合ってるていで妄想するなんて、どうかしてる。

ひとりで悶々としていると、剣ちゃんは不満げに私をチラッと見た。
「誰に対しても無関心なわけじゃねぇよ。特別気になる女には、自分でもどうかと思うくらい独占欲発揮するっつーの」
　べーっと舌を出した剣ちゃんに、ドキッとする。
　え、えっ、え!?
　今のって、どういう意味でしょうか！
　なんで、私のほうを見ながら言うの!?
　混乱している私なんてお構いなしに、素知らぬ顔をしている剣ちゃん。
　さっきの発言の真意を説明してくれる気は、さらさらなさそうだ。
「おい剣斗、久々にやろうぜ」
　友だちが剣ちゃんに向かって、ボールを投げる。
　それを受け取った剣ちゃんは、いいか？と問うように私を見た。
「私も剣ちゃんがバスケしてるところ、見たいな」
「そーかよ。だったら、これ持ってろ」
　剣ちゃんは上着を私に投げる。
　それを預かって、私は友だちとバスケをする剣ちゃんを眺めた。
「剣斗、パス！」
「おう」
　友だちからボールを受け取った剣ちゃんは、すばやいド

リブルでゴールに近づく。
「行かせるかよ！」
　ディフェンスの男の子が前に立ちふさがるも、剣ちゃんはフェイントをかけて追い抜いた。
「もらった」
　剣ちゃんは自信たっぷりに笑うと、あっさりとゴールを決める。
　それに剣ちゃんのチームメイトたちは、歓声を上げる。
　剣ちゃん、楽しそう。
　すごく生き生きしてる。
　やっぱり、この高校にいたかったんじゃないかな。
　そう考えて心が沈んでしまう私に、剣ちゃんが「おい」と駆け寄ってきた。
「一緒にやるか？」
「へ？　む、無理だよっ」
　自慢じゃないけど、運動神経皆無な私。
　絶対にチームの足を引っ張る。
「無理じゃねぇ、俺がいるんだから」
　不敵に笑う剣ちゃんに手を引かれて、私は強制的に試合に参加することになった。
「愛菜ちゃん、パスするよー」
　同じチームの男の子が私に向かって、ボールを投げる。
　心の準備、できてないよっ。
　あわあわしながらも、両手を伸ばす。
　けれども、私はボールを顔面で受け止めてしまった。

「ふがっ」
「ええっ、愛菜ちゃん!?　大丈夫？　ごめん、優しく投げたつもりだったんだけど……」
　私にパスした男の子が申し訳なさそうに謝ってくる。
　すぐに剣ちゃんも駆け寄ってきて、私の頬を両手で包むと顔を上げさせた。
「大丈夫か？」
「うん、痛いけど……ふふっ、ちょっと面白かった！」
「おいおい、能天気だな、ほんと」
　笑っている私を見た剣ちゃんも、表情をゆるめる。
「つーかお前、鼻真っ赤」
「ええっ、やだ！　恥ずかしい」
　両手で鼻を隠すと、剣ちゃんは意地悪く笑って私の手首をつかみ、顔から外させる。
「ぶはっ、トナカイみてぇでかわいいんじゃね？　もっとよく見せろって」
「むうっ、いじわる！」
　抵抗もむなしく、剣ちゃんの力にかなわなかった私は真っ赤な鼻をさらす羽目になった。
　すると、剣ちゃんは笑いを噛み殺しながら私の鼻先を指でつつく。
「真っ赤なお鼻の〜♪」
「歌わないで〜！」
　私たちのやり取りを見守っていた剣ちゃんの友だちも、どっと笑いだす。

にぎやかな空気のなか……。
よりいっそう手加減してくれた剣ちゃんの友だちのみんなと一緒に、私はバスケを楽しんだ。
ひとしきり身体を動かしたあと、バスケを続けているみんなを横目に私は剣ちゃんと休憩する。
「久々に疲れたな」
体育館の床に転がった剣ちゃんの首筋には、汗が伝っていた。
私はポケットからハンカチを取り出すと、剣ちゃんの首や額をぬぐってあげる。
すると、ガシッと手首をつかまれた。
「んな簡単に、男に触んな」
「あ、嫌だった？　ごめんね？」
「あー……そうじゃねぇ」
歯切れ悪く言ったあと、頬をわずかに染めた剣ちゃんは、ちょっぴり怒った様子で続ける。
「そうやってなんの警戒心もなく近づいてこられると、隙あらば自分のものにしてぇとか、そう思っちまうもんなんだよ」
「え？」
それって、剣ちゃんもそう思ってるってこと？
そんな考えが頭をよぎって、ドキンッと心臓が跳ねる。
注がれる剣ちゃんの視線から、目がそらせない。
「一応、言っておく。俺が、じゃねぇぞ。男はそういう生きもんだって話だ」

慌てて付け加えたみたいな物言いだった。
「そ、そうなんだ……。でも、私は剣ちゃんに助けられてばかりだから、なにか恩返しがしたくて……」
　つかまれたままの手首が熱い。
　私はドキドキしながら、自分の気持ちを伝える。
「それで、ささいなことだけど、剣ちゃんの汗もふいてあげたいなって……ダメかな？」
「だから、そういうのがまずいって……はぁ。もう、勝手にしろ」
　剣ちゃんは諦めたようにため息をつき、私からぱっと手を離した。
「では、失礼して」
　私はその場で正座をして、頭を下げると剣ちゃんの汗をふく。
　その間、剣ちゃんは視線をそらしたままだった。
　やっぱり嫌だったのかな？
　心配になって顔を覗き込むと、剣ちゃんはぎょっとした表情で目をむいた。
「おいっ、予告なしに人の顔を覗き込むな」
「ご、ごめん」
「で？　なんだよ」
　片眉を持ち上げた剣ちゃんに、私はおずおずと切りだす。
「あの、私の気のせいだったら申し訳ないんだけど……。最近、目が合わなくて寂しいな……なんて」
「お前、いいかげんに――」

飛び起きた剣ちゃんがなにか言いかけたけれど、すぐに本日何回目かわからない盛大なため息をこぼす。
「記念物級の天然になにを言ってもムダだな。いいか？ これから、俺以外の男は全員敵だと思え」
「ええっ、そんな無茶な……」
「こんな無防備で、警戒心のないお前が今まで襲われなかったのは奇跡だ、奇跡」
　剣ちゃんの中の私は、よっぽどぼんやりしてるように見えるんだろうな。
　苦笑いしていると、剣ちゃんの目がすわった。
「俺がボディーガードをやる以上、野郎どもには指一本触れさせねぇけどな、お前もお前で用心しろよ」
　剣ちゃんは、いささか心配しすぎな気がする。
　でも、必死だし……。
　うん、ここは素直にうなずいておこう。
「は、はい……」
　私の返事に満足した様子の剣ちゃんは、視線をバスケに夢中になっている友人たちに向ける。
　その懐かしそうな眼差しに、尋ねずにはいられなかった。
「みんなと一緒に卒業したかった？」
「まあな」
「そう、だよね」
　もう剣ちゃんを解放するべきなんじゃないか。
　そんな考えが頭に浮かび、知らず知らずのうちにうつむいてしまう。

すると、剣ちゃんに頬をつままれた。
「余計なこと考えんな。俺は今の生活も気に入ってる。そう思えるようになったのは、まあ……お前のおかげだ」
「本当に？　事件に巻き込まれたり、ケガしたり、それでもちゃんと剣ちゃんも学園生活楽しめてる？」
　剣ちゃんは乱暴な態度ばっかり取ってるけど、なんだかんだ優しいから……。
　私に気を遣って、そう言ってくれてるんじゃないか。
　そんな思いが頭をかすめて、不安でたまらなかった。
「私といるの、嫌になってない？」
　祈るような気持ちで問い詰めると、剣ちゃんは呆れたようにため息をつく。
「嫌になってたら、お前のボディーガードなんてとっくにやめてるっつーの」
「……剣ちゃんはどうして、私のそばにいてくれるの？」
　いくら自由と引き換えとはいえ、ナイフや拳銃を持った人に襲われたんだよ？
　そんな危険続きで、普通の人ならボディーガードなんて降りてる。
　それなのに、剣ちゃんの意思ははじめから変わらない。
　その理由が全然わからない。
「……さあな」
　そっけなく言いはなった剣ちゃんは、ズボンのほこりを払いながら立ち上がると一歩前に踏みだした。
「俺自身、まだはっきりとはわからねぇけど……」

言葉を切った剣ちゃんは足を止めて、私を振り返る。
　　　その真摯（しんし）な眼差しに、心臓が静かに跳ねた。
「俺の力の使いどころってやつが、たぶんお前のそばにある気がする」
　　　なんだろう。
　　　この全身の血が沸騰（ふっとう）するみたいな、ずっと息を潜（ひそ）めていた感情が目覚めるみたいな感覚は。
「誰かを守る意味とか、強さの意味とか、お前といれば、見つけられる気がすんだよ」
　　　意味深（いみしん）な言葉を残して、剣ちゃんは友だちのもとへと戻ってしまう。
　　　その背中を見送りながら、私は鳴りやまない胸をそっと両手で押さえていた。

　　　午後３時、剣ちゃんの高校を出た私たちは屋敷までの道のりを肩を並べて歩いていた。
「今日はありがとう、剣ちゃん」
　　　改めてお礼を口にすると、剣ちゃんは私をチラリと見た。
「あ？　なにが」
「剣ちゃんの大事な人たちに会わせてくれたでしょ？　私を内側に入れてくれたみたいで、うれしかったの」
「内側？」
「うん、剣ちゃんってどこか一匹狼（いっぴきおおかみ）みたいなところがあるから、誰かを頼ったりしなさそうっていうか……。あんまり、自分のことを話したりしないでしょ？」

「あぁ、面倒だからな」
「ふふっ、でも……今日は剣ちゃんのことをたくさん知れたから」
　心を許した友だちの前だと、どんな顔で笑うのか。
　バスケがすごく上手いこと。
　ゴールを決めたときの剣ちゃんが、ものすごくかっこいいこと。
　そのどれもが私にとっては、うれしい発見だった。
「そんなことで喜ぶとか、安いやつ」
　剣ちゃんは私からスッと目をそらしつつ、いつもみたいに私の頭をわしゃわしゃと撫でる。
　なごやかな空気が流れたとき、急に剣ちゃんに腕を引かれた。
「え……」
「下がれ！」
　剣ちゃんは私を背にかばうと、ぞろぞろと現れた見知らぬ男たちをにらみつける。
「な、なに!?」
　怖い……。
　まさか、また私をさらいにきたの？
　剣ちゃんの背にしがみつくと、男のひとりが一歩前に出てきた。
「森泉、愛菜だな」
「なんだよ、てめぇらは」
　剣ちゃんは鋭い視線で男たちを射貫く。

「おとなしく俺たちについてこい」
　男たちは私たちを囲んで確実に逃げ場を奪う。
「くそっ、こいつら隙がねぇ」
　苦い顔をする剣ちゃんに、私は迷う。
　この人たちは私が目的なんだよね。
　私がついていけば、もしかしたら剣ちゃんのことは見逃してもらえるかも。
「剣ちゃん、剣ちゃんだけでも逃げ……」
「ふざけんな！　俺の中にお前を置いて逃げるって選択肢は、ねぇんだよ」
　私の言葉を剣ちゃんは強い口調でさえぎった。
「ひとりにしねぇよ、絶対にな」
　剣ちゃんは離さないとばかりに、私の手を強く握りしめる。
「剣ちゃん……」
　ひとりで逃げてほしい。
　だけど、そばにいてくれてほっとしてる。
　結局、私は剣ちゃんが私の手を離さないでいてくれたことがうれしいんだ。
　ごめんね、また巻き込んで……。
　これから、どうなっちゃうんだろう。
　なにより怖いのは、剣ちゃんが傷つくかもしれないってことだ。
「よし、車に乗れ」
　男たちはそばに停まっていた車に、私たちを促す。

剣ちゃんを巻き込みたくない。
　守りたいのに……。
　抵抗もできないまま、私と剣ちゃんは頭に布の袋をかぶせられて、男たちに拉致されてしまった。

Episode 7：絶体絶命！　海へのダイブ

　男たちに連れられた私たちは、頭の袋は外してもらえたものの、明かりもなく真っ暗な部屋に閉じ込められてしまった。
　なにも見えない……ここはどこなの？
　私、剣ちゃんと家に帰れるのかな。
　お父さん、お母さん……会いたいよ。
「くそっ、ここまで袋かぶせられてたからな。どこに連れてこられたのか、見当もつかねぇ」
　動けないでいる私とは違って、剣ちゃんは立ち上がると部屋の扉に手をつく。
「外から鍵かけられてるな。窓もねぇし、部屋から出るには、扉をなんとかするしかねぇ。くそっ、どうするか……」
　壁を伝って部屋の中を確認する剣ちゃんを見ながら、私は静まらない動悸にふうっと深く息をつく。
　私も、脱出するためになにか行動しなきゃいけないのに……。
　なんだろう、さっきから胸が重苦しい。
　暗闇と冷たいコンクリートの床と壁、湿った空気。
　閉じ込められたこの状況に、私の中のなにかが警報を鳴らしている。
　忘れたいと、心の奥にずっと封じ込めていた記憶が呼び起こされる——。

＊＊＊

　あれは、私が小学1年生のときのこと。
　たしか、学校からの帰り道、男の人に声をかけられたのが始まりだった。
『お嬢ちゃん、このお人形が欲しくないかい?』
　人のよさそうな笑顔で、その人はテディベアを差しだしてくる。
『一緒についてきてくれたら、これをあげるよ』
『え、本当!?』
『うん、本当だよ。じゃあ、手をつなごっか』
　私は男の人に手を引かれて歩く。
　はたから見たら、親子にしか見えなかったと思う。
　だけど、だんだんと人気のない線路沿いの道に連れていかれて、私は足を止める。
『おじさん、どこまで行くの?　私、あまり遠くには行っちゃいけないってお父さんとお母さんに言われてるの』
『……うるさいガキだな』
『え?』
『もうお父さんとお母さんのところには、帰れないんだよ。お嬢ちゃん』
　そう言って私を見た男の人は、不気味な笑みを浮かべていた。
　こ、怖い……!

逃げようと思ったのだけれど、つないでしまった手を強く握られる。
『い、痛いっ……離して！』
　骨が折れちゃうよ！
『誰か助けてー！』
　声が枯れるほど叫んだけれど、私は誰にも気づいてもらえず、そこから引きずられるようにして、コンクリートでできた地下室(ちかしつ)に連れていかれた。
『誰かっ、お父さん、お母さん！』
　手足を縛られて閉じ込められた私は、何度も助けを求める。
　けれども、数日経ってもその誘拐犯以外の人間が姿を現すことはなかった。
　一生、ここにいなきゃいけないのかな。
　お腹も空(す)いて、身体に力が入らない。
　もう嫌だよ。
　もう疲れたよ。
　次第に助けを呼ぶ気力もなくなって、私は深い絶望(ぜつぼう)のなかで眠ることが多くなった。
『お前の両親に電話したぞ。あの様子だと、お前がいればいくらでも金を貢(みつ)いでくれそうだ』
　ニヤニヤと笑う犯人に、涙が出る。
　ごめんね。お父さん、お母さん……。
　疲れてなにも感じなくなっていた心に痛みが走る。
　そのあと、ほとんど飲まず食わずで監禁されていた私が

発見されたのは1週間が経ってからだった。

　＊＊＊

　……そうだ、どうして忘れてたんだろう。
　失っていた幼い頃の記憶を思い出した私は、カタカタと震えだす自分の身体をぎゅっと抱きしめる。
「……っ、はぁ」
　なんだか、息苦しい。
　そっか、ここがあの地下室に似てるからだ。
『もうお父さんとお母さんのところには、帰れないんだよ。お嬢ちゃん』
　あのときの光景と犯人の声がフラッシュバックする。
「い、嫌……」
「おい、どうした」
　私の様子がおかしいことに気づいた剣ちゃんがそばにやってくる。
「こ、怖い……怖いよっ」
　手で両耳をふさいで、私はぶんぶんと頭を振る。
　取り乱して泣きだす私の肩を強くつかんだ剣ちゃんは、心配そうに顔を覗き込んできた。
「愛菜、俺を見ろ！」
　いつもは「お前」なのに、初めて名前で呼ばれた。
　それに驚いて、私は目を見張る。
「剣、ちゃん……？」

「大丈夫だ。俺がついてる」
　剣ちゃんは私の顔を両手で包み込んで上向かせると、額を重ねてきた。
「なにがあった？」
「それは……」
「ゆっくりでいい、話してみろ」
　剣ちゃんの穏やかな口調に、少しずつ強張っていた身体から力が抜けていく。
　あやすように私の背中を撫でる剣ちゃんの手に促されて、誘拐されたときの記憶が戻ったことを話した。
「怖かったよな」
　剣ちゃんは私を強く抱きしめる。
「でも、今はひとりじゃねぇだろ」
「うん、剣ちゃんがいる……」
　私は剣ちゃんの服の胸もとを震える手で握る。
　剣ちゃんの鼓動が伝わってくる。
　その規則正しい音に、少しずつ気持ちが落ち着いてきた。
　顔を上げれば、剣ちゃんが困ったように笑って私の頬に手を当てると親指で涙をぬぐってくれる。
「ほっとけねぇやつ」
「ごめんね、迷惑かけて……」
「面倒だとは思うけどな、お前になら迷惑かけられても嫌な気がしねぇんだよ」
　えっと、それはつまり……。
　剣ちゃんは私に迷惑かけられるのが好きってこと？

きょとんとしていると、剣ちゃんは私の前髪をくしゃりと優しく握る。
「他人のことになんて興味のなかった俺が、こんなに誰かの世話を焼きたくなる日が来るなんてな」
　目を細めて、ふっと笑う剣ちゃんに目を奪われる。
　優しい顔で笑うんだな。
「うし、じゃあそろそろここから出るぞ」
　私の気を紛らわしてくれた剣ちゃんは、立ち上がる。
　それから扉に近づくと、耳をくっつけた。
「話し声からするに、監視の男はふたりか。愛菜、俺に考えがあんだけど」
　剣ちゃんは私のところに戻ってくると、簡単に作戦を説明してくれる。
　それは、見張りのひとりが交代でいなくなった隙に、仮病を使って残ったほうの見張り役を部屋に引き入れ、剣ちゃんが倒すといういたってシンプルなものだった。
「準備はいいか？」
　確認してくる剣ちゃんに、私は強くうなずく。
　うまくいくかはわからないけど、剣ちゃんがいれば大丈夫だって、そう思えた。
　剣ちゃんは一瞬だけ私の手を握ったあと、すぐに離して大声を出す。
「おいっ、愛菜どうした!?　気持ち悪いのか、吐いてやがる……。これはなにか重い病気に違いねぇ！」
　そんな剣ちゃんの迫真の演技にまんまとだまされた見張

りの男が慌てて室内に入ってきた。
「うるさいぞ、何事だ！」
「かかったな。見張りが単細胞(たんさいぼう)で助かったわ」
　剣ちゃんは大きく一歩踏みだし、弾丸のように一瞬で男との距離を縮めると手刀で気絶させる。
「一丁(いっちょう)あがりだな」
　両手をパンパンッと叩いて、振り向いた剣ちゃんは私に手を伸ばす。
「愛菜、来い！」
「うん！」
　私は迷わずにその手を取って、引っ張られるように部屋の外へ出た。
　でもすぐに私たちが抜けだしたことがバレてしまい、犯人たちが騒ぎだす。
　私たちは進行方向に犯人がいるのに気づいて、すぐに死角(かく)になりそうな曲がり角に身を隠した。
「はぁっ、はぁ……」
　私は乱れる呼吸をなんとか抑える。
　走ったのは大した距離じゃないのに、緊張して余計に息が上がっていた。
「つらいか？」
　剣ちゃんが顔を覗き込んでくる。
「ううん、でも……」
　私たちだけで逃げ切れるのかな？
　そんな私の不安を察したのか、剣ちゃんに強く手を握ら

れた。
「お前を奪わせたりしねぇから、大丈夫だ」
　剣ちゃんの大丈夫を聞いたとたん、不安が吹き飛ぶ。
「ごめんね、何度も弱気になったりして」
「いいから、もっと不安を口に出せ」
「でも、剣ちゃんががんばってくれてるのに、申し訳ないなって……」
　そうこぼせば、剣ちゃんは私の頭に手を乗せる。
「お前は弱音を吐かなすぎなんだよ。俺は察しが悪いから、言葉にしてくれたほうがお前をひとりで悩ませずにすむ」
「剣ちゃん……うん、ありがとう」
　私は剣ちゃんの手をぎゅっと握り返す。
「俺の手、ぜってぇに離すなよ」
「うん！」
　この手だけは、なにがあってもつないでいよう。
　犯人たちの姿が見えなくなると、私たちは外を目指して走った。
　犯人たちの目をかいくぐって、ようやく隙間から光が差し込む扉を見つける。
　あそこなら、外へ通じているかもしれない。
　そんな期待を胸に、扉の前にやってきた。
　お願いっ、外に出られますように……！
　祈るような気持ちで、剣ちゃんが扉を開けるのを見守る。
「気い抜くなよ？　行くぞ」
　ドアノブに手をかけて私を振り返った剣ちゃんに、強く

うなずく。
「うん！」
　ふたりで扉の向こうに足を踏みだすと、そこは２階のバルコニーだった。
「ここ、港だったんだね」
　眼下にはザブンザブンと波音を立てている海が広がっている。
「いたぞ！」
　呆然と海を眺めていると、声が聞こえた。
　振り返ると、バルコニーに続く廊下にいた男たちがこちらに走ってくる。
　どうしよう、見つかっちゃった！
　逃げ場を失った私たちは、追い詰められて顔を見合わせる。
「剣ちゃん……」
　私はすがるように、つないでいた手に力を込める。
　この温もりを失いたくない。
　だけど、どうしたらいいの？
　なにもできない自分が情けなくて、唇を噛む。
「愛菜、大丈夫だ」
「え？」
　前方からは男たちが走ってくるし、後ろにはどこまでも広がっている青い海。
　この絶体絶命（ぜったいぜつめい）の状況で、大丈夫なわけがない。
　なのに、剣ちゃんは不敵に笑っていた。

「愛菜、俺を信じるか？」
「うん」
　1秒も考えずに答えた。
「じゃあ、しっかり俺につかまってろよ！」
　そう叫んだ剣ちゃんは私を抱き上げると、2階のバルコニーの手すりに足をかけて、勢いよく飛び下りる。
　——バッシャーン！
　息を吸う間もなく、海面に叩きつけられる。
　身体が痛い。
　息もできない。
　溺れちゃうっ。
　手足を動かしても、身体は沈んでいく。
　すると、剣ちゃんはグイッと私の腰を引き寄せた。
　そのまま、酸素を分けるように唇を重ねてくる。
　んっ……。
　あったかい、ほっとする。
　剣ちゃんの温もりが冷えた身体に染み渡っていくのを感じながら、私は海面に引き上げられる。
「ぷはっ」
　水の中から頭を出してすぐ、肺いっぱいに空気を吸い込む私を抱えながら、剣ちゃんは沖へ泳いだ。
「はっ、は……愛菜、俺の首に腕回せ」
　言われた通りに剣ちゃんの首にしがみついたとき、猛スピードでやってきた白いクルーザーが目の前で停まった。
「お嬢様っ、ご無事ですか！」

クルーザーを運転していたのは、うちで雇っている警備員さんだった。
　　なんでも、私のスマホのGPSを頼りに助けにきてくれたんだとか。
「間に合ったようでなによりです」
　　警備員のひとりが浮き輪をこちらに投げてくる。
　　剣ちゃんは片腕で私を抱えたまま、それにつかまった。
　　私たちは船上に引き上げられると、ひと息つく。
「この毛布を使ってください」
　　警備員さんは私たちに毛布を渡すと、急いで操舵室に戻っていき、周りにてきぱきと指示を出した。
　　船が動きだして、私は剣ちゃんと甲板から遠ざかる港を見つめる。
「私たち、助かったんだね……」
　　剣ちゃんを見れば海に飛び込んだときに痛めたのか、渋い顔で肩を押さえていた。
　　私は重い身体を動かして、自分をかばってくれた剣ちゃんの頬に手を当てる。
「痛い思いさせて、ごめんね。助けてくれてありがとう」
「お前はまた、そうやって謝る。しかも、泣きそうじゃねぇか。ったく、自分のために泣けよ」
　　剣ちゃんは私の顔をいつもみたいに、ゴシゴシと荒っぽい手つきでふいた。
　　でも、ふいてるそばから涙がポロポロこぼれて止まらない。

「お前、意外と泣き虫だよな」
「剣ちゃんの前でだけだよ……弱い自分も、全部見せられるんだ」
　そう言えば、剣ちゃんが息を飲むのがわかった。
「あーもう、なんなんだよ、お前！」
　剣ちゃんはいきなり、私の身体をかき抱く。
「わっ、剣ちゃん!?」
「俺に心許してるって言うなら。痛い思いさせてごめんとか、謝るんじゃねぇよ」
　背中に回った腕に力が込められる。
「お前見てると、守らねぇとって強く思うんだよ。だからこそ、無茶できたんだ。いいかげん、わかれよ」
　息ができないほどの抱擁(ほうよう)。
　でも私は、その苦しささえも愛おしかった。
「お前が、愛菜が、いつものほほんとしていられるように、俺がお前を傷つけるやつ全部ぶっつぶしてやっから」
「うん……」
　剣ちゃんの想(おも)いに胸が熱くなる。
　イラついたから、憂さ晴らしに誰かをやっつけるんじゃなくて、剣ちゃんは私を守るために戦うって言ってくれた。
　どうしよう、うれしい……。
　自然に笑顔がこぼれたとき、ふと剣ちゃんの顔が近づいてくる。
「え……」
　驚く間もなく、誓(ちか)うようにそっと私の額に剣ちゃんの唇

が触れた。
　これって……これって、キス!?
　瞬時に心拍数が跳ね上がる。
　どうして、なんで!?
　疑問符が頭の中をぐるぐると駆け巡って、剣ちゃんを見上げれば、真剣な瞳がそこにある。
　顔が熱い……。
　額に触れただけなのに、意識が飛んじゃいそうなくらいドキドキしてる。
「わりぃ、嫌だったか」
　固まっている私になにを勘違いしたのか、剣ちゃんは申し訳なさそうに身体を離す。
　あっ、違うのに……。
　私、剣ちゃんに触れられてうれしかった。
「嫌、なんかじゃないよ」
　私は勇気をふりしぼって、剣ちゃんの気持ちに応えるように、その頬にキスを返した。
「おまっ、なにして……」
　目を白黒させて頬を押さえる剣ちゃんの顔は、ほんのり赤い。
　なんだ、恥ずかしいのは私だけじゃなかったんだ。
　その事実にすごくほっとして、すぐにくすぐったい気持ちになる。
「り、理由は聞かないでね。じ、自分でもよくわからないけど、剣ちゃんに触れたくて……」

しどろもどろに気持ちを伝えていると、剣ちゃんが私の肩をつかんだ。
「愛菜……」
　切(せつ)なげに呼ばれた名前に、胸が騒ぐ。
　あぁ、そっか。
　私は剣ちゃんに対してだけ抱く安心感の理由に気づく。
「愛菜」
　たまらずといった様子で、私の顎に手をかける剣ちゃん。
　その瞳には、焦(こ)がれるような熱が見え隠れしている。
　私といたら、剣ちゃんは危険な目に遭う。
　それがわかっていても、剣ちゃんだけは手ばなせない。
　彼を受け入れるように、私もそっと目を閉じる。
　何度も命がけで守ってくれて、少しずついろんな表情を見せてくれる剣ちゃんのことが、私は……。
　──好きなんだ。
　気持ちを自覚(じかく)した瞬間に、重なる唇。
　好きな人とするキスに頭の中が真っ白になった。
　波音さえも遠ざかって、聞こえるのはお互いの吐息と自分の壊れそうなほど高鳴る心臓の音だけ。
　──好きだよ、剣ちゃん。
　それしか考えられないくらい。
　命を狙われていたことなんて忘れちゃうくらい。
　どうしようもなく、好き……。

Chapter2

Episode 8：嫉妬の首輪

　翌日、誘拐されたものの軽傷ですんだ私と剣ちゃんはいつも通り学園に登校していた。
　今は屋外でキャンバスを並べて、美術の自由スケッチの授業中だ。
　昨日の話をしたら、学くんは少しほっとしたように私と剣ちゃんの顔を見比べる。
「学園ジャックの次は、誘拐か。命が助かっただけでも、不幸中の幸いだな」
「ケンケン、愛ぴょんを守るなんて、さっすがナイト！」
　萌ちゃんの中で、剣ちゃんのケンケン呼びが定着したみたい。
　当の本人である剣ちゃんは、複雑な顔をしてるけど。
「花江、お前は黙っていろ。で、森泉と矢神をさらった人間に覚えはあるのか？」
「あのときは逃げんのに必死だったからな、わからねぇ。ただ、見張りの男たちは若かった。たぶん俺らとそんなに変わらないくらいだ」
　剣ちゃん、あの状況でそんなことまで観察してたんだ。
　驚く私には気づかずに、剣ちゃんは腕を組んで難しい顔をする。
「警備万全のこの学園に侵入したやつらの件もだけどよ、ここは簡単に不審者が入れる場所じゃねぇだろ？」

「そうだな。詳しくは言えないが、学園のセキュリティは警備員含め優秀で万全だ」

詳しく話せないようなことを知ってる学くんって、何者なんだろう。

生徒会長の枠を超えてる気が……。

「閣下、恐るべし」

私と同じ気持ちだったのか、萌ちゃんが小声でそう耳打ちしてきた。

その間にも、ふたりの話は進む。

「立て続けに愛菜が襲われたことといい、俺は校内の人間の仕業じゃねぇかと思う」

剣ちゃんの推測に私は愕然とする。

「そんな……この学園に私を狙ってる人がいるの?」

私は外でスケッチをしているクラスメイトや校庭で走っている生徒たちを見る。

もしかしたら、この中に私を狙っている人が……?

また関係のない人たちを危険な目に巻き込んじゃったら、どうしよう。

不安が渦巻く胸を服の上から押さえると、頭にコツンッと剣ちゃんの拳が当たる。

「お前は余計なこと考えんな。いつも通り、のほほんとしてろ。疑うのも警戒すんのも、俺がすればいい」

そのやりとりを聞いていた学くんと萌ちゃんは顔を見合わせた。

「森泉への過保護ぶりに拍車がかかっているな」

「愛しちゃってるんだね〜」
　ニヤニヤする萌ちゃんに、剣ちゃんの眉間には深いしわが寄る。
　なにもしてないと嫌なことばっかり考えちゃうし……。
　私は気を紛らわすように、キャンバスに筆を走らせる。
　花壇に咲く花を見て描いていると、私のキャンバスを覗き込んだ剣ちゃんが顔をしかめた。
「どうしたら、そんなに花が毒々しくなんだよ」
「森泉は絵の才能は皆無だからな」
　すかさず学くんもつっこむ。
　ふたりとも、ひどい。
　そんなに下手かなあ？
　今回は我ながら、力作だと思ったんだけど。
　ずーんと沈んでいると、萌ちゃんが私の肩を抱く。
「ち、ち、ちー。見る目ないな、ふたりとも。この変てこりんかげんが才能でしょ」
　ねー、とハイタッチしてくる萌ちゃん。
　喜んでいいのかな？
　疑問に思いつつも絶句している男子たちをよそに、私は「ありがとう」と萌ちゃんに抱きついた。

　美術の授業が終わり、教室に戻るために廊下を歩いていると前から雅くんがやってきた。
「愛菜さん、大変な目に遭ったんだって？」
「え？　どうしてそのことを……」

誘拐されたこともあって、勘ぐってしまう。
「父さんに聞いたんだ。でも、俺が思うに、きみが悪い子だから狙われちゃったんじゃないかな？」
　雅くんが私に手を伸ばそうとしたとき、目の前に剣ちゃんが立つ。
「ずいぶん、含みのある言い方するんだな」
「はぁー、またきみか。本当に目障りだね。俺は今、愛菜さんと話をしてるんだけど、邪魔しないでくれるかな？」
　言葉に反して、笑顔を浮かべている雅くんにゾワッと鳥肌が立つ。
　けれども剣ちゃんは動じることなく、雅くんから視線をそらさない。
「聞き捨てならないような話だったからな。お前、やたらと絡んでくるけど、こいつの親父が嫌いなんだろ？」
「別に森泉先生に限ったことじゃないよ。俺は、俺を退屈させる人間が嫌いなんだ」
「だったら、なんでこいつにちょっかいを出す？　お前を退屈させるからか？」
　剣ちゃんが問い詰めると、雅くんがぷっと吹きだした。
　それからお腹を抱えて、「ははばっ」と盛大に笑いはじめる。
「彼女の平和主義なところは、たしかに退屈だけど、どんな目に遭っても純真さを失わないところには大いに興味があるんだ。退屈だと思ってたのに、今じゃ癖になってる」
　それを聞いた剣ちゃんが目を丸くしたあと、少し呆れた

ように口を開く。
「お前それ、こいつのことが好きってことか？」
「ええっ」
　私はびっくりして、叫んでしまった。
　剣ちゃんの言葉を受けた雅くんは、私をちらりと見ると納得したような顔をする。
「ああ、なるほど。きみをけがしたくてたまらないって感情は恋だったんだ。どうりで気になるわけだ」
「だいぶ、ゆがんでるけどな」
「なら、ますます欲しい」
　雅くんの粘ついた視線が向けられて、私は剣ちゃんの背に隠れる。
「あのな、こいつを好きになるのは自由だけどよ、お前の勝手な気持ちを一方的に押しつけんのは違うだろ」
　剣ちゃんは、きっぱりと雅くんに言ってくれた。
　それを頼もしく思いつつ、少しだけ寂しさが胸をよぎる。
　雅くんが私を好きでも、剣ちゃんは平気なんだな。
　剣ちゃんは私のこと、どう思ってるんだろう。
　同じ気持ちだったなら、いいのに。
　そんなことを考えてすぐに、私はぶんぶんと首を横に振ると邪念を振り払う。
　キスはしちゃったけど……。
　あれはきっと、危険な目に遭ったあとだからだ。
　人に触れて安心したかったから。
　だから、剣ちゃんは私を好きなわけじゃない。

ただ守ってくれてるだけ。
そんなこと、初めからわかってたことだし……。
それ以上を求めるなんて、ダメだよね。
「きみにとやかく言われたくないよ。俺は俺の方法で、愛菜さんを自分のものにする」
そんな雅くんの声で、物思いにふけっていた私は現実に帰ってくる。
「あのな、こいつは物じゃねぇんだよ。お前のゆがんだ愛情がこいつを傷つけんなら、俺も容赦しねぇぞ」
剣ちゃんの声にも、どこかイラ立ちがにじむ。
それを無視して、雅くんは私を見つめた。
「俺たちは政治家の子どもだからね。事件に巻き込まれやすい立場にあるし、お互いに気をつけよう。じゃあまた」
雅くんは意味深な言葉を残して、私たちの横をすり抜けていく。
「あいつ……執着してるうちに、お前のことが好きになってたんだな」
「まさか、ありえないよ。雅くんの好きは、恋とはちょっと違う気がする」
雅くんの口から聞いてもなお信じられないのは、想われているというのに、それを聞いて心が冷たくなる感覚があるから。
「うまく言えないんだけど、恋ってもっと温かいものじゃないのかな？」
私は剣ちゃんのことが好きだって気づいたとき、どうし

ようもなく胸が熱くなった。
　でも雅くんは私を好きって言いながら、目が冷たいままだった。
「人を好きになるって、理屈で説明できるものばかりじゃねぇだろ。憎いも嫌いも、愛情の裏返しだったりする」
「雅くんの執着も？」
「そうだ。そこから恋に変わることだって、なきにしもあらずじゃねぇの？」
　そっか、いきなり人を憎んだり、執着したりはしないもんね。
　好き、気に入られたい、仲良くなりたい。
　そういう気持ちが根本にあるからこそ、その人が嫌いになったりするって剣ちゃんは言いたいのかな。
　ちょっとしたきっかけで、どちらにも転びうる可能性があるのが人の心なのかもしれない。
「なんとなく……わかったかも」
「わかったならいい。とにかく、ひとりのときはあんましあいつに近づくなよ。危ない思考には変わりねぇからな」
「う、うん」
　雅くんのこと、なにも知らないうちから申し訳ないけど……やっぱり、苦手だな。
　それでも、あの人を理解できる日が来るんだろうか。
　私は複雑な気持ちを抱えながら、雅くんの背中を見送ったのだった。

——数日後。
　私は放課後に図書室にいた。
　剣ちゃんと一緒に帰るはずだったのだけれど、剣ちゃんは授業の小テストの結果が悪かったので、常連の萌ちゃんと一緒に再試験を受けているのだ。
　剣ちゃんを待って読書をしながら時間をつぶしていると、そこへ雅くんが現れる。
「あれ、今日はボディーガードの彼はいないんだ？」
「う、うん」
　剣ちゃんに近づくなって言われたのに、どうしよう。
　緊張しながら、席を立つ口実を考える。
　そんな私に気づいているのかいないのか、雅くんは苦笑いしながら近寄ってきた。
「ここ、いい？」
　私の隣の席の背もたれに触れる雅くん。
　断るのも感じ悪いよね。
　仕方なくうなずくと雅くんが隣の椅子に腰かけた。
「俺がきみのお父さんと敵対する派閥の政治家の息子だから、警戒しちゃうかな？　それとも、俺自身が怖い？」
「えっ!?」
　私の気持ち、見透かされてる？
　やっぱり、態度に出てたんだ！
　私は雅くんのほうに身体を向けて、バッと頭を下げる。
「ご、ごめんなさい！」
「愛菜さんは素直だね」

くすくすと笑う目の前の雅くんからは、いつもの不気味さがない。
　私が雅くんのことを誤解(ごかい)してただけなのかも。
　ちゃんと、話してみたいな。
　怖い気持ちはいったん胸の奥にしまって、私はいつもならそらしてしまう雅くんの目をしっかり見つめる。
「私、雅くんのことをなにも知らないのに勝手に怖がって……本当にごめんなさい。今からでも遅くなければ、お友だちになりませんか？」
　握手(あくしゅ)を求めるように手を出すと、雅くんはうつむいた。
「きみはやっぱり、森泉先生……お父さんに似てるね」
　雅くんの肩が小刻みに震えている。
　まさか、泣いてる!?
　私、そこまで雅くんを追い詰めてたんだ……。
「雅くん、本当にごめんね」
　下を向いた雅くんのことが気になって、私はその顔を覗き込む。
　すると、雅くんはゆがんだ笑みを浮かべていた。
「剣斗くん、だっけ？　彼から忠告されなかった？　俺に近づくなって」
「それ、は……」
　はっきり肯定するのは気まずくて言いよどんでいると、雅くんはくすくすと笑った。
「なのに近づいてくるなんて、怖いもの知らずなのかな。それとも俺を信じてくれてるの？　そのどっちもか」

雅くんは勝手に納得した様子で、私の返答を待たずにどんどん話を続ける。
「人を疑わないにもほどがあるよ。あ、あとね。俺、きみとは友だちになりたくない」
「え？」
きっぱりと拒絶されて、私はショックを受ける。
「だって、俺はきみの恋人になりたいんだから」
「そんな冗談、笑えない」
「冗談じゃないよ。俺はきみと、もっと親密な関係になりたいんだ」
不意にガシッと手首をつかまれ、強く引っ張られる。
「きゃっ」
——なに!?
そのまま視界が反転して、私は椅子から落ちると図書室の床に背中を打ちつけた。
「いった……」
「痛い？　ごめんね、かげんがきかなくて」
薄っぺらい謝罪を口にした雅くんは私を組み敷いたまま、楽しそうに目を細めている。
「……っ」
私は雅くんを押しのけようとしたのだけれど、手首を頭の上でまとめるように押さえられてしまった。
しかも、雅くんにお腹に乗られているせいで身動きがとれない。
「雅くん、なんでこんなこと……」

「この体勢で、やることなんてひとつでしょ」
　感情を映さない瞳が私を捉える。
　身体の芯から凍りつくような恐怖を覚えた。
　私は震えながら、目に涙を浮かべる。
「その顔、ぞくぞくする」
　雅くんの手が私の制服のリボンにかかったとき——。
　バンッと勢いよく図書室の扉が開いた。
「愛菜！」
　飛び込んできたのは剣ちゃんだった。
「剣ちゃ……ん」
　怖くて、かすれた声で名前を呼ぶと剣ちゃんは無言で私を押し倒している雅くんに向かって大股で歩み寄る。
　そして、雅くんのワイシャツの襟をつかむとその身体を思いっきり後ろに押しのけた。
「ぐっ、乱暴だな」
　投げ飛ばされる勢いで背中を図書室の床に打ちつけた雅くんは、それでも変わらず微笑を浮かべている。
　それを見た剣ちゃんは忌々しそうに舌打ちすると、雅くんをにらみつけた。
「てめぇが投げ飛ばされるようなことを、こいつにしたからだろうが」
「ごめんね。愚かなくらい愛菜さんがかわいくて、つい」
　悪びれもせずに襟もとを直す雅くんに、剣ちゃんのまとう空気が張り詰める。
「言ったよな。てめぇのゆがんだ愛情がこいつを傷つける

なら、俺も容赦しねぇぞって」
「俺も言ったはずだよ。彼女をなんとしても手に入れるって。そのための手段(しゅだん)は問わないよ」
「そうかよ」
　今にも殴りかかりそうな表情で雅くんに一瞬目をやり、剣ちゃんは私の前で腰をかがめる。
「剣ちゃん？」
　呼びかけても返事がない。
　怖い顔で唇を固く引き結んだまま、剣ちゃんは私を肩に担(かつ)ぐと図書室の扉まで歩いていき、雅くんを振り向く。
「俺、犬並みに鼻が利(き)くんだよ。だからな、その綺麗な顔、つぶされたくなかったら二度とこいつに近づくな」
「はは、怖いね」
「警告してやってんだよ。次、愛菜に変なマネしてみろ。今度は投げるだけじゃすまねぇからな」
　相手を震え上がらせるような威圧感をはなって、剣ちゃんは私を担いだまま図書室を出る。
　私は冷めない剣ちゃんの怒りを肌で感じながら、振り向いた。
「も、もう降ろして大丈夫だよ？」
「…………」
「重いでしょ？」
「…………」
「剣ちゃん？」
　声をかけてもまったく返事をしてくれない剣ちゃんに、

私は不安になる。
　そのまま空き教室に連れていかれると、乱暴に床に下ろされた。
「痛っ……剣ちゃん、どうし……」
　どうしちゃったの？
　そう尋ねようとしたとき、床に座り込んでいる私に剣ちゃんがおおいかぶさってくる。
　私の両手首をつかんで、動きを封じるように壁に押しつけた剣ちゃんは──。
「あっ」
　まるでイラ立ちをぶつけるように、首筋に噛みつくようなキスをしてきた。
「や、やめ……んぐっ」
　私の悲鳴は剣ちゃんの大きく骨ばった手にふさがれてしまう。
「いつもみてぇにぼさっとしてっから、あいつに押し倒されたんじゃねぇの？」
「んーっ」
　どうしてこんなことするの！
　なにも言えない私の首筋に、剣ちゃんは唇をはわせたまま続ける。
「あんまし、ほかの男に気を許してんなよ。でねぇと俺の歯形、消えねぇうちにまたつけるぞ。首輪みてぇにな」
　剣ちゃんの歯が軽く肌に食い込む。
　その表情は険しいのに悲しげで、胸がチクリと痛んだ。

こんな顔、知らない。
剣ちゃん、すごく怒ってるんだ。
でも、だからってこんなこと……。
剣ちゃんの気持ちがわからなくて、じわっと目に涙がにじんだ。
「んっ、やめて！」
私は泣きながら剣ちゃんの胸を突き飛ばす。
その拍子に尻餅をついた剣ちゃんは、バツが悪そうに私から目をそむけていた。
「剣ちゃんがなにを考えてるのか、なにを言いたいのか、全然わかんない！　どうしてこんなこと……」
「愛菜……悪か──」
「ひどいよっ」
剣ちゃんの言葉を最後まで聞かずに、私は一方的に責めてしまった。
それに罪悪感が襲ってきて、私はたまらず逃げるように教室を飛びだした。

Episode 9：抑えきれない感情【side剣斗】

　愛菜が部屋を飛びだしたあと、俺は壁に背を預けるようにして座り、激しい後悔とともに前髪をかき上げて宙を見上げる。
「バカか、俺は……」
　愛菜を傷つけた。
　あいつがいつものほほんとしていられるように守ってやるって言ったのは、ほかの誰でもなく俺だっていうのに。
「なのに、いつもぼさっとしてるからだろって……どの口が言ってんだよ。完全に俺の八つ当たりじゃねぇか」
　自分でつぶやいておきながら、情けなくなった俺は前髪をぐしゃりと握る。
　愛菜を抱えて海に飛び込んだとき、心の底からこいつを死なせたくねぇって思った。
　あのどっか抜けた笑顔をいつまでも見ていたい。
　だからあいつが人を疑えないぶん、俺が気を張ってればいい。
　あいつの心も身体も全部守ってやりたい。
「愛菜が、好きだから……」
　この気持ちは嘘偽りない、俺の本心だ。
　なのに、どうして優しくしてやれねぇんだ。
　雅に触れられてる愛菜を見た瞬間、怒りがこみあげてきて、自分を制御できなかった。

気づいたら雅を投げ飛ばしてて、気づいたら愛菜に噛みついてた。
　これじゃあ、雅よりも俺のほうが危険じゃねえか。
　不甲斐ない自分を責めていたとき、空き部屋の入り口に見知った男が立つ。
「矢神？　お前、こんなところでなにをしている」
　いぶかしむように眉をひそめて、中に入ってきたのは学だった。
「お前こそ、なんの用だよ」
「生徒会の仕事だ。先日、テニス部の部室に雨漏りが見つかってな。工事の間、この空き教室を部室として使えないか、この目でたしかめにきたんだ」
　そういや、こいつ生徒会長だったな。
「それで、矢神はなにをしている」
「……頭を冷やしてんだよ」
　追及されるのが面倒で視線を床に落とすと、学が近づいてきて隣に立つのがわかった。
「森泉とケンカでもしたのか」
「うっ」
　こいつの洞察力どうなってんだよ。
　鋭すぎて怖え。
「沈黙は肯定してるのと同じだぞ、矢神。それにしても、珍しいこともあるもんだな」
「珍しい？　なにがだよ」
　視線を学に向けると、腕を組んで窓の外を眺めていた。

「森泉は一見天然に見えるが、政治家の娘だけあって聡い。だが、お前も知っての通り、あいつは人からのイヤミをイヤミと受け取らないからな」
「そうだな」
「のん気な性格もあるだろうが、根本的に人がいい。だから誰かとケンカするまでに発展しない」
「なら、あいつを怒らせた俺は相当な悪党ってわけだ」
　自嘲気味に答えると、学は眼鏡を人差し指で押し上げて静かに俺を見る。
「違うだろう。お前は、俺が知っている限り、あの森泉を最初に怒らせた男なんだぞ。逸材だ」
　真顔で答える学の意図はわからないが、これだけははっきりした。
「お前、俺にケンカ売ってんだろ」
「冷静になって頭を使え、頭を。怒りは愛情の裏返しだ。森泉はお前を大切に思ってるからこそ、裏切られたと思って怒った。そう考えられないか」
　こいつ、俺たちのやりとりを見てたんじゃねぇだろうな。
　そう疑いたくなるほど、学は自信たっぷりに続ける。
「怒りというのは一歩踏み込んだ感情だ。それを見せられる相手、つまりお前は森泉にとって特別なんだろう」
「都合のいい考えだとは思うけどよ、お前が言うとやけに説得力があるな」
「俺は心理学にも興味があってな。最近の愛読書は『アドラーの心理学入門』だ」

普段はあまり笑顔を見せない学が珍しく、眼鏡を押し上げてニヤリと笑った。
「よくわからねぇが、わかった」
　学がやべぇやつだってことは理解した。
　こいつは敵に回したくない。
　本能的にそう感じる。
「少し、ムダ話がすぎたな。矢神、気が静まったなら、森泉のところへ行け」
　学に言われて初めて、ハッとする。
　そういや、あいつ……。
　今、ひとりでいるんじゃねぇか!?
　俺は急いで立ち上がり、教室を飛びだそうとして戸口で学を振り返る。
「学、助かった」
「いいから、早く行ってやれ」
　学に見送られて、俺は駆けだす。
　愛菜……。
　もし、お前が俺のことを特別に思ってくれているんだとしたら。
　俺はお前が思ってる以上に、お前のこと——。
「特別だと思ってんだよ！」

Episode10:やっぱりきみが好き

　剣ちゃんから逃げるように学園を飛びだした私は、あてもなく歩いていた。
「ふっ、うう……」
　ショックで涙をぬぐうこともできず、私は剣ちゃんに触れられた首筋を押さえて足を止める。
　すると、後ろから足音が聞こえてきた。
　もしかして……!
「剣ちゃん!」
　期待をふくらませて振り向くも、そこにいたのは──。
「愛ぴょんのナイトじゃなくてごめんよ?」
　再試験が終わったのか、萌ちゃんがいた。
「あ……」
　落胆したようなつぶやきが口からこぼれてしまう。
　自分から逃げたくせに、剣ちゃんに探しにきてほしかったなんて、都合よすぎるよね。
「こっちこそ、ごめんね……」
　私はごしごしと手の甲で涙をふいて、萌ちゃんに謝る。
　私の様子がおかしいことに気づいたのかもしれない。
　すると、萌ちゃんは私の手を握って、にっこりと笑った。
「よし!　憂さ晴らししよ?」
　そう言って萌ちゃんが連れてきてくれたのは、ロリータファッションブランド『ヴェラ』の本店だった。

そこでかわいい洋服に着替えさせられた私は、萌ちゃんと写真の撮りあいっこをしながら気を紛らわす。
「萌はね、かわいいものに囲まれてると元気になるの。愛ぴょんにも、そうなってほしいなあ」
「萌ちゃん……心配してくれたんだね」
「愛ぴょんは親友だもん」
「私にとっても、萌ちゃんは大事な親友だよ」
　私たちは撮影会を終えると、制服に着替えてお店の奥にあるソファーに腰かける。
　萌ちゃんが特別に出してくれたハーブティーを飲みながら、ふたりで話をした。
「萌、中学１年生のときの校外学習にロリータファッションで行ったことがあったでしょ？　覚えてる？」
　校外学習……。
　その単語で私の頭に蘇ってくるのは、萌ちゃんと仲良くなった宝物のような日のこと。
「テーブルマナーを学ぶためにクルーズ船に乗ったんだよね。あのときのことがきっかけで萌ちゃんと仲良くなったんだもん、忘れないよ」
　あの日、萌ちゃんは学園指定のドレスコードを無視したフリフリのメイド服のようなものを着てきて、クラスメイトから笑われていた。
「周りからコスプレ？ってバカにされて……。萌がロリータファッションだもん、って言っても誰も聞いてくれなくて、すごく悲しかったんだ」

「でも、私はフランスのお人形さんみたいでかわいいなって思ってたよ。ロリータファッションは初めて見たけど、すごく似合ってた」

　今と同じことを、あの日も伝えた。

　そうしたら萌ちゃんは、顔をくしゃくしゃにして笑って、『ありがと！』って抱きついてきたんだよね。

　あのときの萌ちゃんの笑顔は忘れられないな。

「ふふっ、懐かしい」

「だねっ。愛ぴょんと出会うまでは大好きなロリータファッションを着てるのに、いつも変な目で見られてつらかったけど、今は……」

　萌ちゃんが私の目をまっすぐに見て、うれしそうに笑う。

「愛ぴょんのおかげで、もっともっと今の自分が好きになれたよ。だからね、愛ぴょんが悲しいときは萌が力になるって決めてるんだ」

「萌ちゃん……」

　その言葉に背中を押されるように、私はぽつりぽつりと剣ちゃんと今日なにがあったのかを打ち明ける。

　すべて話し終えると、萌ちゃんは私の手を両手で握った。

「萌の推理はね、ズバリ嫉妬じゃないかな？」

「え、あの剣ちゃんが⁉」

　面倒くせぇが口癖で、他人のことなんか興味なさそうなのに。

　出会ったときの"お前に関わりたくない"オーラがすごすぎて、ちょっと信じられない。

「ケンケンは、愛ぴょんのことになるとすっごく過保護だもん。きっと愛ぴょんを取られたくなくて、守りたくて、その気持ちをうまく伝えられなかったんじゃないかな?」
 それを聞いて、剣ちゃんが嫉妬なんてありえないと思いながらも、不器用な人だからうまく伝えられなかったのは納得できた。
「ま、ここで考えてもしょうがないよ! ケンケンにたしかめてみるのがいちばん!」
 萌ちゃんはそう言って、私に鞄を持たせる。
「いつでも戻ってきていいからね。でも、萌はできれば向きあうことから逃げないでほしいなって思う」
 そうだよね。
 逃げてたって、なんの解決にもならない。
 それに、剣ちゃんの気持ちなら、どんなものでも知りたいし、受け止めたいから。
 萌ちゃんに励まされた私は、鞄を受け取って立ち上がる。
「私、剣ちゃんとすれ違ったままは嫌。どうしてあのとき剣ちゃんがあんなに怒ってたのか、理由を知りたい」
「その意気だよ、愛ぴょん。いってらっしゃい!」
「萌ちゃん、ありがとう。いってきます!」
 自分の気持ちを鼓舞するように元気よく返事をして、私は外に出る。
 すでに家に帰っているかもしれないけれど、私はとりあえず学園に向かって走った。
 まだ学園に残ってるかもしれないし!

早く会いたい一心で足を動かしていると、ぽたっと頬になにかが落ちてくる。
　顔を上げれば、その瞬間にザーッと雨に降られてしまった。
「もうっ、なんでこんなときに……」
　視界が悪くて危なかったので、お店の軒先(のきさき)テントの下に急いで入る。
　けれど、悲しいことに全身はびしょ濡れだった。
　寒さに震えながら、雨が止むのを待つ。
　会ったら、なんて伝えよう。
　まずはごめんね？
　それとも、どうしてあんなことしたのかを聞くべき？
　私の焦りを静めるように降り続く雨の音が、気持ちを整理する時間を与えてくれた。
　そうやって、つま先を見つめながら思考にふけっていると、コツンッという音とともに見覚えのある靴が視界に入る。
　え、これって……。
　信じられない気持ちでゆっくりと顔を上げると──。
「お前っ」
　私と同じくびしょ濡れの剣ちゃんがいた。
　ものすごい剣幕で話しかけてきたので、怒鳴られると思った私はぎゅっと目をつぶる。
　けれども、耳に届いたのは思いのほか優しい声。
「無事で……ほんと、よかった……」

ずるずるとその場にしゃがみ込む剣ちゃんに、私は慌てて腰を落とした。
「剣ちゃん!?　なんでここに?」
　鞄からハンカチを取り出すと、私は剣ちゃんの頬や濡れた髪をふいてあげる。
　しばらくされるがままだった剣ちゃんは、ふいに私の手首をガシッとつかんだ。
「あんなふうに乱暴にして、本当に悪かった。でもな、頼むからひとりになるな。お前になにかあったら、俺の心臓が止まるだろうが」
「うん……うんっ、心配かけてごめんね」
　どれだけ心配してくれたのかがわかって、私は手首に触れている剣ちゃんの手に自分の手を重ねた。
「いや、もとはといえば俺が悪い。怖かっただろ、もうしねぇから。だから、俺をそばに置いてくれ。でないと、守ってやれねぇだろ」
　剣ちゃんは人目もはばからず、私の後頭部に手を回すと自分の胸に引き寄せる。
　濡れたワイシャツ越しに伝わる剣ちゃんの体温に、心臓が大きく跳ねた。
「返事は?」
　どこか所在（しょざい）なさげな剣ちゃんの瞳。
　安心させるように、私は首を縦に振る。
「うん、わかった」
「なら、いい」

言葉少なにそう答えた剣ちゃんは、また私を強く抱きしめる。
　剣ちゃんが近くて、ドキドキする。
　落ち着かなくて身じろぎをすると、それを許さないとばかりに剣ちゃんの腕に力がこもった。
　そういえば剣ちゃん、海の中でもこうして抱きしめて守ろうとしてくれたな。
　あのときのことを思い出して、今度は安心感に包まれた。
　会ってなにを話そうか、あんなに悩んでたのに、不思議。
　こうして剣ちゃんの腕の中にいたら、すべてがどうでもいいことのように思えて……。
　私、やっぱり剣ちゃんが好きだな。
　自分の気持ちを再確認した私は、その背に腕を回した。

Episode 11:『大丈夫』の魔法

　午後6時、雨はいっこうに止む気配がなかったので、私と剣ちゃんは濡れるのを覚悟で軒先から出ると走って屋敷に帰ってきた。
　剣ちゃんが先に勧めてくれたお風呂に直行して湯船にゆっくりつかり、温まってから脱衣所に出る。
　すると、そのまま持ってきてしまった口の開いた鞄の中でスマホのランプが点滅しているのに気づいた。
　誰かからメッセージかな？
　タオルを巻いただけの格好でスマホの画面を見ると、差出人不明のメールが届いていた。
　私はゴクリとつばを飲み込むと、メールを開く。
【森泉愛菜様　あなたをお迎えにあがります】
「ひっ、いやっ」
　思わずスマホをほうり投げると、バンッと脱衣所の扉にぶつかった。
「愛菜！」
　悲鳴と物音を聞きつけた剣ちゃんが飛び込んでくる。
　けれども、タオル1枚しか身にまとっていない私を見て、引き返そうとした。
「悪いっ」
　踵を返した剣ちゃんの背中に、私はとっさに駆け寄って抱きつく。

「お願い、行かないでっ」
「は!? でも、お前……」
「怖いの、変なメールが来てて……」
「変なメール?」
　振り返った剣ちゃんは、床に転がっていたスマホを拾うとメールを見て顔をしかめる。
「これ……お前を諦める気はねぇらしいな」
　剣ちゃんは悔しげにスマホを握りしめる。
「愛菜、大丈夫だ」
「でも、またさらわれたりしたら……っ」
　その場で座り込んで自分の身体を抱きしめると、剣ちゃんが腰を落として目線を合わせてきた。
「俺が大丈夫っつったら、大丈夫なんだよ。言ったろ、守るって」
「あ……」
　不思議、剣ちゃんの『大丈夫』を聞くと本当に大丈夫な気がしてくる。
　不安が薄らいでうなずけば、剣ちゃんは乱暴に私の頭を撫でてくる。
「ほら、早く着替えろ」
「あ、うん……」
　そう返事をしたものの、手足が震えて動けないでいる私に剣ちゃんは視線をそらしつつ口を開く。
「おい、なにしてんだよ」
「ご、ごめんね。身体が……動かなくって。その、震えちゃっ

て」
　剣ちゃんはうっとうめくと、しばらく考え込んで渋々顔を上げる。
「ほんっとに、世話が焼けるな！」
　新しいタオルを棚から取った剣ちゃんは、横を向いたまま私の髪をふき始めた。
「俺が紳士でよかったな。俺以外の男だったら、今頃食われてんぞ」
「うーん、紳士？」
「なんだよ、その反応は。俺が紳士だと納得いかねぇってか？」
　剣ちゃんは形のいい唇をゆがめると、こっちを見ないままデコピンをしてきた。
「あたっ……」
「白状しやがれ」
「ご、ごめんなさいっ。だって、雅くんに怒ってたときの剣ちゃん、紳士っていうより不良……」
「あ？」
　だから、そのすわった目が怖いんだってば！
「嘘です、ごめんなさいっ」
「……ったく、あれは牽制だ、牽制」
「なにに対して？」
　そう聞き返すと、剣ちゃんが本気でわかってないのか？と言いたげに私を見る。
「前から鈍い鈍いとは思ってたけどよ。ここまでくると、

重症(じゅうしょう)だな」
　剣ちゃんはため息混じりにそうこぼして、座っている私におおいかぶさってくる。
「え……」
「俺の女だから近づくなって、雅の野郎に牽制したんだよ。つーか、口でも言ったろ？」
　私の濡れた髪の隙間に指を差し込んで、剣ちゃんはもどかしそうにすいてくる。
「あの、剣ちゃん濡れちゃうよ？」
　私、まだちゃんと身体も髪もふいてないし……。
「別に俺だって制服濡れてるし、気にならねぇよ。つか、この状況で俺の服の心配かよ」
　呆れ気味に見下ろしてくる剣ちゃんの手が、私の首筋を伝う雫をすくい取っていく。
「剣ちゃん、くすぐった……い」
「あ、悪い。つーか、なにしてんだ俺は……」
　剣ちゃんは慌てて私の上からどくと、口もとを片手でおおいながらそっぽを向く。
　その横顔は真っ赤だった。
「おら、あとは自分でふけ。服もちゃんと着ろよ。さすがにこれ以上は俺、紳士じゃなくて狼になんぞ」
　それだけ言い残して、剣ちゃんはそそくさと脱衣所を出ていってしまった。

　お風呂を出たあと、私は剣ちゃんと夕食をとって自分の

部屋に戻った。
　ベッドに横になって、目を閉じること1時間。
　いっこうに眠れる気配がない。
「剣ちゃん、起きてるかな……」
　私はネグリジェ姿で剣ちゃんの部屋を訪ねる。
「けーんちゃん、起きてますか？」
　声をかけると、扉は開いたものの出迎えてくれた剣ちゃんは鬼の形相をしていた。
「お前は……なんも反省してねぇな」
「ご、ごめんなさいっ」
　私は反射的に謝る。
「俺に試練を与えるようなことばっかしやがって、なんか恨みでもあんのか？」
　剣ちゃんは私の額に、自分の額をごつんっとぶつけてくる。
「ううっ」
　地味に残る痛みに私は涙目になりながら、額を押さえて悶えた。
「いたた……夜分に申し訳ないとは思ったんだけど、眠れないし、ひとりで部屋にいるのが怖くて……」
「あぁ、あのメールのことか。とりあえず入れ」
　中に通された私は剣ちゃんと並んでベッドに座ると、気を紛らわすようにとりとめのない話をする。
「そういや、さっきのメールのこと、お前の親父さんに報告しといたぞ。さらわれたあとにこれじゃあ、心配が絶え

ねぇよな」
「うん……早く安心させてあげたいんだけど、犯人が捕まらないことには、そうもいかないよね」
　剣ちゃんはボディーガードとして、なにかあれば私のことをお父さんに報告してくれているらしい。
　険しい剣ちゃんの顔を見ていると、お父さんがどれだけ私のことで気をもんでいるのか、察しがついた。
「ねぇ、剣ちゃん。剣ちゃんのお父さんは、大丈夫？　うちにずっといる剣ちゃんのこと、心配してない？」
　私のことばかりで気づかなかったけど、剣ちゃんの家族だって大事な息子が危険な目に遭ってないか、不安なはずだよね。
　そう思って聞いたのだけれど……。
「そもそも、親父が俺に指示した仕事だぞ？　心配なんかしてねぇって」
　お父さんの話題に触れたとたん、剣ちゃんの周りの空気がピリピリとしだす。
「剣ちゃん、前から聞きたかったんだけど……。お父さんのこと、あんまり好きじゃない？」
「なんだよ、急に」
「お父さんの話をしてるときって、いつもイライラしてるから。でも、最初に会ったとき、すごく優しそうだったよね。なのに、なんで……」
　そんなにお父さんを毛嫌いするの？
「たぶん俺は……」

剣ちゃんは憂いをにじませた表情で、後ろに手をつくと天井を見上げる。
「親父を前にすると、宙ぶらりんな自分を見透かされそうで怖いんだろうな」
「宙ぶらりん？」
　私の問いには答えずに、剣ちゃんはそのままパタンッと背中からベッドに倒れた。
　それから腕で目をおおってしまったので、どんな表情をしているのかわからない。
「俺は自分の将来を他人に決められたくないから、親父と同じ道は進まねぇって言ったけど、じゃあ、なにになりたいかって聞かれると、それもわからねぇんだよな」
「剣ちゃん……」
「そういうかっこ悪い自分を見られたくなくて、つい反抗的な態度をとっちまう。でも、最近は……」
　腕を下ろした剣ちゃんは、真剣な眼差しを私に注いでくる。
「大事なやつを守るために、親父と同じ道を歩むってのもありだなって思うようになってる」
「だ、大事なやつ？」
　聞き返しながら鼓動が激しくなり、顔に熱が集まる。
　本当は期待してる。
　剣ちゃんの答えが私かもしれないって。
「まだ、わかんねぇの？」
　なんとなく、ただなんとなく……。

私たちは両想いなんじゃないかと思う。
　それを察しないほど子どもじゃないけど、私はどうしても剣ちゃんの口から聞きたかった。
「教えて……剣ちゃんの気持ち、知りたい」
「知って後悔しねぇか？」
「しないよ。たぶん、私も……剣ちゃんと同じ気持ちだから」
　そう言ったとたん、剣ちゃんの両腕が伸びてきて、私の後頭部と腰に回る。
　そのまま強引に引き寄せられて、剣ちゃんの身体の上に乗っかると、ぶつかるようにキスをした。
「んっ」
　重なる唇の熱さと重なる鼓動の速さがお互いの気持ちが同じであることを伝えてくる。
　好き、なんだ。
　私と同じように剣ちゃんも。
　ずっとこうしてたいな……。
　離れたくない。
　その願いを剣ちゃんも抱いていたのかもしれない。
　息をする間もなく、唇は長い時間触れあっていた。
　やがて、名残惜しむようにお互い離れると、私は剣ちゃんの胸に頭を乗せたままぐったりする。
「く、苦しい……」
「３度目のキスの感想がそれかよ。色気ねぇな」
　３度目……。
　１度目は海の中で酸素をわけてくれたときのキス。

２度目はクルーザーの上で、お互いの無事をたしかめるようにしたキス。
　どのキスも、剣ちゃんはちゃんとキスだってわかっててしたんだ。
　私を助けるためにしたことで、慰めるだけの行為で、特別な感情なんてない。
　だから剣ちゃんのなかでは、なかったことになってるのかと思ってた。
　その事実がうれしくて、私はニヤけてしまう。
「つか、してる最中(さいちゅう)に息止めんなよ。キスで窒息死……はっ、笑えねぇ」
　笑ってるけど！
　そう言う剣ちゃんは、慣れてるみたいでずるいなぁ。
　私はムッとしながら、目の前にある剣ちゃんのシャツをぎゅっと握る。
「じゃあ、どうやるの？」
「それ、俺に教えてほしいってあおってんのか？」
「え、違――」
　弁解(べんかい)も聞いてもらえなかった私は、剣ちゃんに顎をつかまれて、今度はついばむようなキスをされた。
「……っ、もう！　お願いだから待って」
「顔が赤いな、酸欠(さんけつ)か？」
　くくっと喉の奥で笑いを押し殺している剣ちゃんに、私は顔から火が出そうになる。
「ひ、ひどい……私、剣ちゃんの口から気持ちを教えてほ

しいって言ったのに」
「だから教えてやったろ」
「え？」
「行動で」
　それはつまり、キスで教えてくれたってこと？
　たしかにそうかもしれないけど、そういうことじゃないっていうか。
　私がぐっと黙り込んでいると、剣ちゃんはニヤリと笑って腕を引っ張ってくる。
「きゃっ」
　体勢が逆転して、今度は私が剣ちゃんにベッドに押し倒されていた。
「お前、不満ありありって顔してんな。俺の気持ち、まだ伝わってねぇか？」
「いえ、もうわかりました！」
　だから、解放してください！
　ドキドキで、心臓が止まる前に！
　恥ずかしくて泣きそうになっていると、剣ちゃんはトドメとばかりに顔を近づけてきて……。
「でも、俺がまだ伝え足りてねぇから、朝までたっぷり付き合えよ」
　剣ちゃんは私の耳もとで囁くと、そのまま耳たぶを甘噛みしてくる。
「ううっ、いきなりどうしちゃったの、剣ちゃんっ」
　これまでのクールな剣ちゃんがどっかにいっちゃった。

その変化にとまどっている間に、剣ちゃんは私の唇をちろりとなめる。
「嫌か？」
「い、嫌じゃないけど、これ以上したら心臓が止まっちゃうと思うんだ」
「あんまし、かわいいこと言ってんじゃねぇぞ」
　剣ちゃんは頬をほんのり赤く染めて、恨めしそうに私を見下ろすと、あろうことかくすぐってくる。
「きゃーっ、くすぐらないで！」
「お預けくらった憂さ晴らしに、責任もって付き合え」
　剣ちゃんにひとしきりくすぐられたあと、私は「ぜー、はーっ」と息を切らしながらぐったりする。
「剣ちゃん、容赦ない……ひどい」
「なにかで気を紛らわしてねぇと、俺自身がやばかったんだから仕方ねぇだろ」
　剣ちゃんは横にごろんと転がると私を背中から抱きしめて、頭に顎を乗せてくる。
「やばい？」
　私はお腹に回った剣ちゃんの腕に触れながら、聞き返した。
「歯止めがきかなくなるって意味」
「なんの歯止め？　キスのことなら、ちゃんと予告してくれれば長く息を止める自信あるよ！」
　やる気をこめてぎゅっと拳を握りしめる私に、剣ちゃんはぶはっと吹きだす。

「なんだよ、それ。意気込む方向性がおかしいだろ。つーか、その特技はどこで身につけたんだよ」
「昔、水泳を習ってたんだけど、まったく泳げなくて。でも、先生から長く潜る天才だって言われたの！」
「ぶっ、なるほど。けどな、その特技を使わなくていいように、してる最中も息はしろ……って、なにを言わせんだ、お前は」
　剣ちゃんは私の両頬を片手でつまむと、ぶちゅっと軽くつぶす。
　唇がタコみたいにすぼまり、私は剣ちゃんの手を軽く叩いて顔を上げた。
「はなひへー」
　剣ちゃんが勝手に言ったのに！
　なんで私に逆襲するのーっ。
　剣ちゃんは唇をとがらせる私の顔を愛おしそうに見つめて、ふっと微笑む。
「好きだ」
　あ……。
　胸に剣ちゃんの想いが染み込んで、じわじわと広がっていく。
　私は身体を反転させて、剣ちゃんのほうを向いた。
　私もちゃんと伝えよう。
「剣ちゃん……私も、私も剣ちゃんが好きだよ」
　恥ずかしかったけど、言っちゃった。
　剣ちゃん、どう思ったかな。

照れながらも剣ちゃんを見ると、目を見張ったまま言葉を失っている様子だった。
「……やべぇな」
　口もとを手でおおってつぶやいたあと、剣ちゃんは私をぎゅっと抱きしめて幸せそうに笑う。
「もう、俺のもんだ。誰にもやらねぇ」
　私の瞼に、頬に、鼻先にキスの雨を降らす剣ちゃん。
　慈(いつく)しむような触れ方で、さっきまで騒がしかった鼓動が落ち着いていく。
　剣ちゃんが私にくれるものは、いつもどれも新鮮。
　強引なキス、ついばむような軽いキス。
　そっと触れるだけの優しいキスに、想いを注ぐような深いキス。
　あんなに怖いことがあったのに、不思議だな。
　いろんなキスと見たこともない剣ちゃんの表情の数々が私の心を満たしていって……。
　いつの間にか、不安を塗(ぬ)り替えるほどの幸福感のなかで、ふたり寄り添うように眠りについた。

Chapter3

Episode 12：デートで危機一髪！

　想いが通じあって、私は晴れて剣ちゃんと付き合うことになった。
　今日は恋人同士になって、初めて迎えた休日。
　せっかくなので、剣ちゃんと駅前のショッピングモールに来ていた。
「お前、お嬢様だろ。こんなショッピングモールで買い物とかするんだな」
　隣を歩いていた剣ちゃんは、意外そうに私を見る。
「前にも話したと思うけど、私のお母さんは一般家庭で育った人だから、話に聞いてて行きたくなっちゃって」
　お父さんは歴史(れきし)のある政治家一族の御曹司だったから、なんでも身の回りのことを自分でするお母さんに衝撃を受けたらしい。
　自分で生き抜く力みたいなものをお母さんから感じて、そこに惹かれたんだって話してた。
　だからお父さんは与えられるだけの人間にならないように、家事も徒歩での登校も許してくれてるんだろうな。
　私にいろんな世界を見せてくれるお父さんとお母さんには、感謝しないと。
　そんなことを考えていると、剣ちゃんがふっと笑う。
「お前、初めて会ったときから、お嬢様って感じじゃなかったもんな」

「え?」
　どういう意味だろう。
　それによっては、私に品がないってことに……。
　問うように剣ちゃんを見れば、懐かしむように遠い目をして頬をゆるめている。
「金持ちのお嬢様なら、守られるのが当然って顔するんだろうなって思ってたのよ。一回助けただけで『ありがとう』って感激してやがったし、予想が外れた」
　私たちが初めて会った日、そんなこと考えてたんだ。
「お嬢様だって、感謝くらいするよ?」
「お前が特殊なんじゃねぇの?　正直、時々お前がお嬢様だってこと忘れる」
「えっと、それ……ほめられてるのかな?」
「おう。お世辞と損得勘定で塗り固めたような、上っ面な態度を取らねぇお前といると、居心地がいいんだよ」
　少し気恥ずかしそうに耳の縁を赤くしている剣ちゃんの腕に、私はたまらず抱きつく。
「ふふっ」
「笑うんじゃねぇ」
　剣ちゃんは照れ隠しなのか、私の頬を軽くつねって引っ張った。
「うー、む、むひへふ」
　無理ですって言いたいのに、上手く言葉にならない。
　笑わないように、顔に力を入れてみよう。
「むー、ふふふっ」

がんばって真顔になろうとするけれど、ダメだった。
　なにをやっても、ニヤけちゃう。
　それどころか、声を出して笑っていた。
「……ったく、浮かれすぎだろ」
　どうしても顔がゆるんでしまう私に、剣ちゃんは脱力する。
「だって、剣ちゃんといるんだから、仕方ないよ」
　抱きついていた腕に頬をすり寄せると、剣ちゃんの頬が瞬時に赤く染まる。
「お前はっ、かわいすぎんだよ」
「ええっ、あの剣ちゃんが——んんっ！」
　かわいいなんて言うなんて！
　そんな私の言葉は、剣ちゃんのかすめるようなキスによって、さえぎられた。
「ここっ、外だよ!?」
　驚きで口をぱくぱくさせている私に、剣ちゃんはベーっと舌を出す。
「俺はしたくなったらする。覚えとけ」
　なんて横暴な……！
「おら、行くぞ」
　絶句している私の手を引いて、剣ちゃんが連れてきてくれたのは映画館だった。
「なにか観たい映画あるか？」
　剣ちゃんはどれでもよさそうだったので、私は最新作のホラー映画にしようと提案した。

すると、剣ちゃんは視線を泳がせる。
「いいのかよ、これで」
「ん？　うん、どうせなら最新作の映画が観たいなって。それにこれ、すごい怖いって話題になってるんだよ」
「あっそ」
　さっきとは打って変わって口数が減る剣ちゃん。
　心なしか、態度もそっけない。
　不思議に思いつつも、私たちは上映スペースに入って席に着いた。
　上映が開始して数秒、隣からぐっと息を詰まらせる音が聞こえてくる。
「剣ちゃん？」
　小声で話しかけると、暗がりのせいか剣ちゃんの顔色が悪い。
　まさか、ホラー苦手なのかな？
　いやでも、あの強い剣ちゃんが？
　拳銃とかナイフとか持った男の人たちを前にしても、全然動じてなかったのに？
　ま、まさかね。
　肘かけに乗っていた剣ちゃんの腕に手を添えると、飛び上がる勢いでビクッと反応した。
「もしかして、こういう映画嫌いだった？」
　そう問いかけても返事はない。
　でも、確信する。
「怖いなら、怖いって言ってくれたらよかったのに」

「なんの話だか、さっぱりだな」
　聞き取れないほどか細い声で答える剣ちゃん。
　そんなに怯えてるのに、まるで説得力ない。
「ふふふっ」
　ホラー映画を観ているのに、私はつい笑ってしまった。
　剣ちゃんはギロリとにらんできたけれど、いつものような鋭さはなく、今は全然怖くない。
「剣ちゃんって、かわいいね」
「おまっ……あとで覚えてろよ」
　剣ちゃんはガタガタと震えながら、幽霊が画面に現れるたびに押し殺したような悲鳴を上げている。
　いつもは強くて、かっこいいのに。
　今日の剣ちゃんは、やっぱりかわいい。
　好きな人の新たな一面を知った私は、映画になんて全然集中できなくて。
　後半はずっと、剣ちゃんだけを眺めていた。

　映画館を出たあと、私たちはファミリーレストランにやってきていた。
「……食欲が出ねぇ」
　疲れ切った様子で頭を抱えている剣ちゃんに、私は苦笑いする。
「剣ちゃんにも、怖いものってあったんだね」
「拳でなんとかならない相手は苦手なんだよ」
　もはや隠しきれないと悟ったのか、剣ちゃんは諦めたよ

うに認める。
　そんな剣ちゃんの手を握って、私は笑いかける。
「じゃあ、幽霊が出たときは私が守るからね」
「女に守られるとか、勘弁してくれ。情けなくて死にたくなんだろ」
「好きな人を助けるのに、男も女も関係ないよ」
「そんなこと、よく恥ずかしげもなく言えるな」
　赤面した剣ちゃんは頬づえをついて、そっぽを向く。
「剣ちゃん、お腹が空かないなら半分こしよう？」
　私は手を挙げて店員さんを呼ぶと、フライドポテトにハンバーグ、ドリアを頼んだ。
　少しして料理が運ばれた。
　私たちはスプーンで一緒にドリアをつつく。
「お行儀が悪いけど、ふたりで食べるとおいしいね」
「あぁ、お前んちの食事は毎日フレンチやらイタリアンやらのフルコースだからな。マナーはいいのかよ？」
「いいんだよ、こういうときくらい」
「じゃあ、口についたソースはそのままでいいんだな」
　剣ちゃんはニヤッと笑って、自分の口を指さす。
　やだ、恥ずかしいっ。
　私は慌てて、ペーパーナプキンでふいた。
「全然、とれてねぇじゃねぇか」
　剣ちゃんは手を伸ばすと、指で私の口もとをぬぐう。
「子どもかよ」
「きょ、今日はたまたま！」

「はいはい、たまたまね」
　剣ちゃんは興味なさげに、フォークでフライドポテトを食べた。
「もう、適当に流して……絶対に信じてないでしょ」
「見た目はお嬢様でも中身は抜けてっからな、お前」
　くくっと笑っている剣ちゃんに、最初はムッとしていた私もつられて吹きだしてしまう。
「剣ちゃんといるとね、息抜きになる」
　本当は苦手なパーティーでも、剣ちゃんがいるだけでがんばろうって思えるしね。
「そんなん、俺もだ。見てるだけで癒される存在とか、遭遇したのお前が初めてだな」
　剣ちゃんは頬づえをついたまま、優しい眼差しで見つめてくる。
　それがくすぐったかった私は、ゆるみっぱなしの顔を隠すようにうつむいた。
「遭遇って、人を未確認生物みたいに言って……」
「ある意味、そうだな」
「ひどい！」
　ばっと顔を上げて私は抗議する。
「ははっ」
　照れ隠しに怒れば、剣ちゃんは豪快に笑った。
　その顔を見て、なんでか恥ずかしさが鎮まっていく。
　この笑顔が見られるなら、未確認生物でもエイリアンでも、どんとこい……なんて。

そんなふうに思ってしまう私は、剣ちゃんに夢中だ。

「ご飯代、私が出すよ！」
　レストランを出た私は、お財布を手に剣ちゃんに詰め寄っていた。
　というのも、私が気づかないうちに今日のお会計のすべてを剣ちゃんがすませてしまったのだ。
「映画のチケットも買ってくれたし、おごられてばっかりで申し訳ないし……」
「俺、お前のボディーガードやる前は家出たくてバイトしてたし、貯金もあるからいいんだよ」
「でも……」
「くどい、もうこの話は終わりだ。ほら、次どこ行きたいのか言えよ」
　当たり前のように私の手を握る剣ちゃんに、私の胸は高鳴る。
「ありがとう、剣ちゃん。うーん、そうだな。今度の校外学習に着ていく私服を買いたい！」
「りょーかい」
　剣ちゃんは私の手を引いて、エレベーターで８階に上がると、ファッションフロアにやってきた。
「あ、あれかわいい！」
　ショーウインドーのマネキンを見て、欲しい系統の服がありそうなショップに入る。
　さっそく花柄のワンピースを手に取った私は、身体に当

てながら剣ちゃんに見せた。
「ねぇねぇ、これとかどうかな」
「丈が短すぎる。却下」
「じゃあこれは？」
「胸もとが開きすぎだろ。却下」
　彼氏の許可が下りない……。
　なかなか厳しいなあ。
　剣ちゃんは私の手から服を取り上げて、勝手にもとに戻すと、代わりに白い小花がプリントされた襟付きのワンピースを渡してくる。
「これとか、似合うんじゃね？」
　なんだかんだ一緒に洋服を選んでくれる剣ちゃんに、うれしくて胸がいっぱいになった。
「うんっ、これにする！」
　剣ちゃんに選んでもらった服を抱きしめる。
「いや、試着しなくていいのか？」
「でも、私これがいい」
「は？　なんでだよ」
「剣ちゃんが選んでくれたワンピースだもん。サイズがちょっとくらい違ったって、これにするよ」
　もう決めた、これにする。
　私はさっさとレジに向かうと、剣ちゃんが横からすっとお金を払ってしまう。
「ええっ、いいよ！　これは自分で……」
「お前が俺の選んだものでそんなに喜んでくれんなら、やっ

ぱ、そこは俺がプレゼントしたいっつーか」
　しぼんでいく語尾と赤くなる頬。
　剣ちゃんが照れると、私にも伝染するから困る。
「ほらよ」
　剣ちゃんから差しだされた洋服の袋を私は両手でそっと受け取った。
「でも、そんな安物でよかったのか？」
　ショップの出口に向かって歩きながら、剣ちゃんが尋ねてくる。
「うん！　値段なんて関係ないよ。このワンピースを着た私は、豪華なドレスを着た私よりもずっとずっと素敵になれるって自信があるんだ」
「ん？　どういう意味だ？」
「この服を着るたび、私は今感じてる幸せな気持ちを思い出すの。女の子は心から幸せなとき、すっごく輝くんだって、萌ちゃんが言ってたんだ。だから、このワンピースがいい」
　そう言ってワンピースが入った袋を大切に抱えると、剣ちゃんは片手で口もとを隠して、顔をそむけた。
　今気づいたんだけど、これって剣ちゃんが照れたときにする癖なのかも。
　こうやって少しずつ、剣ちゃんのことを知っていくたびに、好きが大好きに、大好きが愛しいになる。
　誰かの存在がこんなにも自分の心を満たしてくれるなんて、知らなかったよ。

「なあ、次はどこに……」
　そう剣ちゃんが言いかけたとき、パアンッと銃声が響いてどこからか悲鳴が上がる。
「なに!?」
　ビクッと肩が跳ねて、ただ事じゃない雰囲気にドクドクと動悸がした。
「今度はなんだよ？　ちっ、ひとまず隠れんぞ」
　剣ちゃんは私の手をつかんで走り、近くの更衣室に身を潜める。
　しばらくお客さんの悲鳴がこだましていたが、やがて静かになって犯人たちと思しき声が聞こえてきた。
「さっきまでこの店にいたって連絡を受けたってのに、どこにもいねぇじゃねぇか」
「逃げたんじゃないのか？　まったく、いきなり発砲するなよ」
「仕方ないだろ、人が多くて面倒だったんだから。このほうが森泉の娘を探しやすい」
　狙いは私だったんだ。
　大勢の人がいる場所で、なんでこんなことができるんだろう……。
　自分のせいで大勢の人を巻き込んだという罪悪感に、私は剣ちゃんのシャツをぎゅっと握る。
　そんな私の不安に気づいたのかもしれない。
　剣ちゃんは狭い更衣室の中でグイッと私を抱き寄せた。
「そんな顔すんな。お前のせいじゃねぇ」

「でも……」
「でも、じゃねぇ」
　剣ちゃんは私の頬を両手で包んで上向かせると、深く口づけてくる。
　吐息ごと奪うようなキスに頭の奥がしびれて、なにも考えられなくなった。
　切ない吐息とともに温もりが離れると、剣ちゃんは私の濡れた唇を親指でぬぐう。
「なんでもかんでも、ひとりでしょい込むな。なにもかも、あいつらが悪い。お前はむしろ被害者だろ」
「うん、ありがとう……剣ちゃん」
「よし、じゃあここから脱出すんぞ」
　剣ちゃんは私の手をしっかり握って、更衣室のカーテンを少しだけ開く。
「あいつら、違う場所に移ったみてぇだな。ここから出て、非常階段まで行くぞ」
　こんなときでも、剣ちゃんは冷静だった。
　音を立てないように腰を低くして、ショップを出た私たちは非常階段の前までやってくる。
　よかった、ここまで見つからないで来られた。
　ほっとして気がゆるんだのがいけなかった。
　先ほど開けた重い非常階段の扉を押さえるのを忘れて、背中越しにバタンッと大きな音が響いてしまう。
「向こうに誰かいるぞ！」
　犯人に気づかれてしまった私たちは、勢いよく階段を駆

け下りた。
「剣ちゃん、ごめんっ」
「いいから足を動かせ!」
　でも、剣ちゃんの速さについていけず、スピードはどんどん落ちていく。
　私たちがもともといたのは8階で、今は5階。
　このままじゃ、追いつかれちゃうっ。
　それは剣ちゃんにもわかっていたのだろう。
「愛菜、先に下に降りてろ」
「え……」
　それって、まさか——。
「剣ちゃんだけ残って、足止めしようとしてる?」
「おう、建物から出られても安全とは言い切れねぇだろ。だったらここで、まとめて叩いとく」
「だめだよっ、置いてけない!」
　私は剣ちゃんの手を強く握る。
「私、剣ちゃんの手を握るたびにね、決めてることがあるの」
「こんなときに、なんの話して……」
「絶対にこの手を離さないって、ふたり一緒に生きるんだって、決めてるの!」
　強く言い切れば、剣ちゃんは驚いた顔をする。
　それから徐々に目を細めて、困ったように笑った。
「テコでも動かなそうだな、お前」
「動かない、剣ちゃんのそばにいる!」
「わかった、わかった。俺も腹くくるから、危なくないよ

うにちゃんと下がってろ」
　剣ちゃんが私の前に出たタイミングで、ナイフや銃を手にした犯人たちが襲いかかってくる。
　剣ちゃんは階段を駆け上がると、男のナイフを手刀で落として背負い投げを決めた。
「ぐはぁっ」
　男は私の前の階段を転がり落ちていく。
「このガキ！」
　犯人のひとりが剣ちゃんに殴りかかろうとした。
　けれども剣ちゃんは、男の手首をつかんで勢いよく引っ張ると階段下に落とす。
「死にてぇのか！」
　そのとき、男が剣ちゃんに銃口を向けた。
　銃を持った男に完全に背を向けていた剣ちゃんが避けるのは不可能に近い。
　私はとっさに履いていたパンプスを脱いで、男に投げつける。
「えいっ」
「いってぇ！」
　するとラッキーなことに、とがったヒールの先が男の額に食い込んだ。
　あれ、うまくいった？
　目を瞬かせていると、剣ちゃんが怯んだ男を一撃で倒し、階段を駆け下りてきて私の手をつかむ。
「助かった。やるな、愛菜」

「今年の運を使い果たしちゃった気分だよ」
「安心しろ。愛菜がピンチのときは、俺の運を全部使って助けてやるよ」
　おかしそうに笑った剣ちゃんと一緒に、出口を目指す。
　ようやく建物の外にやってくると……。
「ケガはありませんか！」
　私たちは警察に保護されて、無事に家へ帰ることができたのだった。

「よくも飽きもせず、毎度毎度追いかけ回してきやがって……あいつら暇人だろ！」
　ふたりでベッドに腰かけると、剣ちゃんはストレスを発散するように大きな声を出す。
　私はなんとなく離れがたくて、剣ちゃんの部屋にお邪魔していた。
「剣ちゃん、疲れたよね？　今日も私を助けてくれてありがとう」
「彼女を守るのは当然だろ。いちいち礼なんかいらねぇ。つーかお前、逃げてる間もそれ離さなかったよな」
　剣ちゃんの視線は私が抱えている袋に注がれていた。
「うんっ、死守しました！」
　この中には剣ちゃんがプレゼントしてくれたワンピースが入ってるから、なんとしても守りたかったんだ。
「お前のそういう、人の気持ちを大事にするとこ、いいよな」
「へっ？　剣ちゃんが人をほめた……！」

頭をガツンッと殴られた気分だった。
　剣ちゃんはというと仰天している私を見て、こめかみに青い筋を走らせる。
「おいこら、なんだその驚きは。俺に失礼だろうが」
　剣ちゃんは私を後ろからはがい締めにして、顎で脳天をぐりぐりしてきた。
「わーっ、ごめんなさい！　ごめんなさい〜！」
　頭が痛いっ、剣ちゃん手加減してよーっ。
　涙目になりながら、私はギブアップとばかりに剣ちゃんの腕をパシパシと叩く。
「俺から簡単に逃げられると思うなよ」
　そんなやりとりも楽しくて、私はついに吹きだしてしまった。
「なんか、こうして剣ちゃんと一緒に普通に恋人として過ごせることが幸せ」
　私は抵抗をやめて、剣ちゃんの胸に寄りかかる。
　体重をかけても剣ちゃんは力持ちだからきっと大丈夫……なはず。
　すると剣ちゃんは私のお腹に両腕を回して、抱きしめ直した。
「俺もだ。ただ、お前が隣にいてくれれば、それ以上のことはなにも望まねぇ」
　ここ最近、狙われてばかりだったからかもしれない。
　ささいな幸福にも気づけるようになった気がする。
「なあ、それ着て見せてくれよ。結局、俺が選んだものが

いいって言って、試着もしなかっただろ」
　剣ちゃんは私の膝の上にある洋服の袋を見て、期待に満ちた目をする。
「剣ちゃんのお願いなら、全力で叶(かな)えるよ！」
　私は服を持っていったん隣の自室に戻ると、剣ちゃんのプレゼントしてくれたワンピースに身を包む。
　幸いなことに、サイズもピッタリだ。
　剣ちゃん、気に入ってくれるといいな。
　私はドキドキしながら、剣ちゃんの部屋の扉を少し緊張気味にノックする。
　——コンコンッ。
「入るね？」
「おう」
　返事を聞いて、私は部屋に入る。
「へへ、どうかな？」
　改まって見てもらうのは照れくさい。
　だけど、私は剣ちゃんの前でくるりと回る。
　ふわりとスカートの裾が揺れると、剣ちゃんが食い入るように私を見ていた。
「剣ちゃん？」
　反応がないので、ベッドに座っている剣ちゃんに近づくと力強い腕が腰に回って引き寄せられる。
「似合ってる。すげぇかわいい。これ、校外学習に着てくのやめとけ」
「ええっ、なんで！」

「俺だけが知ってればいいっつーか。ほかの男に見られんの……嫌なんだよ」

うつむきかげんに視線をそらす剣ちゃんの耳は、ほんのり赤い。

えっと、これって怒ってる？

知らず知らずのうちに、地雷を踏んでしまったのだろうか。

「じゃ、じゃあ……剣ちゃんとお出かけするときにだけ、この服は着るね？」

私は腰をかがめて剣ちゃんの首に抱きつくと、背中をぽんぽんと優しく叩く。

すると、剣ちゃんはなにかを怪しむような目で見上げてきた。

「んだよ、これは」
「えっと……ご機嫌を直してもらおうかと」
「あのな、別に俺は怒ってねぇぞ？」

え、そうだったんだ。

剣ちゃん、なんかムスッとした顔してたから勘違いしちゃった。

「俺はただ、お前を誰にも取られたくなくて、焦って……でも束縛してる自分にちょっと嫌気が差したっつーか」

言いにくそうに説明してくれる剣ちゃんに、私はくすっと笑う。

「取られるもなにも、私は剣ちゃんのものなのに」
「なっ……」

「だからね、剣ちゃんも私のものってことにしても……いい?」
　思い切って頼んでみると、剣ちゃんは目を白黒させる。
　あれ、ダメだったかな?
　私のものになって、なんて……生意気すぎた!?
　不安になっていると、剣ちゃんは私の腕を引っ張って自分の膝の上に座らせる。
「とっくにお前のもんだろ」
「え?」
「俺の心も、この身体も全部……。俺は愛菜にあげてるつもりだって言ってんだよ」
　熱っぽい剣ちゃんの視線に、全身が火照りだす。
「うれしい……すっごく、うれしい」
　私は剣ちゃんの腕をぎゅっとつかんで、大好きがあふれて胸が焦がれるような、幸せな苦しさにじっと耐えた。
「愛菜」
　恥ずかしさのあまり、唇を噛んでうつむいていると、剣ちゃんが下から顔を覗き込んでくる。
「真っ赤じゃねぇかよ」
　ふっとうれしそうに笑った剣ちゃんに、いっそう頬が熱くなった。
　剣ちゃんはスッと長い指で私の頬を撫でると、顎をつかんで強制的に上向かせる。
「好きだ」
「私も……私も好き」

「ん、知ってる」
　剣ちゃんは満足げに口角を上げると、味わうようにゆっくりとキスをした。
　唇は重ねたままベッドに押し倒されて、私は剣ちゃんの胸を軽く叩く。
「服、し、しわになっちゃう。剣ちゃんに買ってもらったばっかりなのに」
「別にいいだろ。俺の前でしか着ねぇんだから」
　剣ちゃんは私の心配をよそに、またちゅっと音を立ててキスをした。
「でも……」
　長く大切に着たいし……。
　なかなか引き下がらない私に、剣ちゃんはしびれを切らしたのかもしれない。
　私のスカートの裾をまくり上げようとしたので、慌ててその手を押さえる。
「剣ちゃん!?」
「しわになんのが嫌なら、俺が脱がせてやるけど」
「それはちょっと……」
　いろいろ、恥ずかしすぎる。
　硬直している私に、剣ちゃんは不敵に笑って──。
「ばーか、冗談だよ。じゃ、黙って俺を受け入れろ」
　少し楽しそうに、困っている私に口づけた。

Episode 13：忍び寄る影

　波乱のデートから数日後。
　私はいつものメンバーで昼食をとったあとも、ランチルームに残って談笑していた。
　学園の昼休みは間近に迫った美術館での校外学習の話で持ちきり。
　それを耳にした剣ちゃんはだるそうに頬づえをつく。
「美術館なんて興味ねぇ。俺はパス」
「休んじゃダメだからね？　ただでさえ剣ちゃん、テスト再試験だったんだし」
「英語、苦手なんだよ」
「だから、そのぶん出席日数は稼いでおかないと。それに私も行くんだし……その、一緒に回りたいなって」
　こっちが本音だった私は、もじもじしながら伝える。
　すると剣ちゃんは一瞬ぎょっとした顔をして、やがて前髪を握りしめると目をそむける。
「……はぁ、仕方ねぇな」
「やった！」
　ついはしゃいでしまう私に、剣ちゃんは照れくさそうに飲んでいたカフェオレのストローを噛む。
　それを観察していた学くんは意外という顔つきをして、腕を組んだ。
「俺はてっきり森泉のほうが矢神に面倒を見てもらってい

るのだと思っていたんだがな。逆だったのか」
「愛ぴょんの記念物級の天然さは、不良を更生させる力があるんだね。いつか、ケンケンも閣下なみの優等生になるんじゃない？」
「最近は授業中も寝ていないようだしな」
　感心したように萌ちゃんに賛同する学くんに、剣ちゃんは気まずそうに答える。
「俺が寝てたら、愛菜が危ないときにすぐ助けられねぇだろ。最近、白昼堂々襲ってくるしよ」
　それを聞いた萌ちゃんが目をキラキラさせる。
「愛ですなあ。じゃあ、そんなケンケンにいいものを見せてあげましょう」
　萌ちゃんは「じゃじゃーん」と言って、ロリータファッションに身を包んだ私の写真を見せる。
　それを目にした剣ちゃんは固まった。
　どうしたんだろう？
　気にはなりつつも、私はスマホを手に萌ちゃんにお願いする。
「萌ちゃん、ふたりで写ってる写真があったら、私に送ってほしいな」
「もちろんだよ！　ケンケンも欲しい？　欲しいでしょう〜？」
　写真をちらつかせながら迫る萌ちゃんに、剣ちゃんは「ぐっ」とうめいて、必死に目をそらしている。
「うふふ」

萌ちゃんが不気味な笑みを浮かべると、学くんは眉根を寄せた。
「なにが『うふふ』だ。気色悪い」
「だってー、ケンケンの反応がかわいくって。そうだ！ 愛ぴょん、帰ったらこれ着てみてね」
　萌ちゃんが【ヴェラ】のロゴが入ったかわいい包みを私に手渡す。
「これはなに？」
「愛ぴょんへのプレゼント！　うちの新作だから、着たら写真撮って送ってね」
　ずっとなにか持ち歩いてるなとは思ってたけど、私へのプレゼントだったんだ。
「ありがとう、萌ちゃん」
「うむ！　そんでもって、これを着て給仕をすること。きっとケンケンが喜ぶよ」
「うん？」
　なんで剣ちゃんが喜ぶのかは、わからないけど……。
　とにかく帰ったら、これに着替えて剣ちゃんに給仕をすればいいってことかな？
「おい、愛菜になにさせる気だよ」
　話を聞いていた剣ちゃんが、萌ちゃんに疑いの眼差しを向けていた。
　ちょっと、お手洗いに行ってこようかな。
　話し込んでいたら昼休みも終わりに近づいていて、私はみんなにひと声かけると席を立つ。

教室を出て廊下を歩いていると、また雅くんに会った。
「この間はごめんね」
　雅くんは私の前で足を止めると頭を下げてくる。
「ううん、でも……どうしてあんなことを？」
　あんなこと。
　それが指しているのは、雅くんに襲われかけたことだ。
「きみが好きだから、かな」
　雅くんは少しも迷わずにそう言う。
　けれど、私は本気の好きを剣ちゃんからもらったからわかるんだ。
「雅くんは、私を好きじゃないよ」
「どうしてそう思うの？」
「そう聞かれちゃうと困るんだけど、好きで好きでたまらないって気持ちが伝わってこないの。なんだか……口だけが勝手に告白してるみたい」
　そう、例えるなら——。
「人形みたいってこと？」
　私が言おうとしたことを、まさかの本人が口にした。
「雅くんのこと……傷つけてたらごめんね。だけど、どうしても心から出た言葉には思えないんだ」
「はは、すごいね。きみは見かけによらず、鋭くて聡明だよ。さすが森泉先生の娘ってところかな」
「え？」
　自嘲的な笑みを浮かべる雅くんは、廊下の窓に視線を移して、外の光にまぶしそうに目を細める。

「俺は父から『俺の敷いたレールの上を歩け』って言われて育ってね。それは楽だったけど、正直つまらなかったんだ。だってさ、刺激がないから」
「刺激？」
「そう、刺激。平和で順風満帆な日々って、なにも考えなくていいから、飽きがくるんだよ。俺はもっと、そういうなんの変哲もない日常をぶっ壊したいんだよね」
「えっ……」

　雅くんの言葉に耳を疑う。
　平然と、雅くんはなにを言ってるの？
　よく理解できない。
　困惑して返事ができないでいると、雅くんはスッと私の髪をひと房すくう。
「なんて、きみに言っても理解できないか。きみもお父さんも、平和第一主義だもんね。でも、聡明なきみもひとつだけ勘違いしてるよ」
　考えが追いつかない私に構わず、雅くんはひとりで語り続けた。
「ほかの女の子たちとは違って、きみが俺の特別であることはたしかだ。それがきみには伝わってないみたいだけど、この感情は今まで俺の中にはなかったものだよ」
　あ……今のは嘘じゃない気がする。
　初めて雅くんの本心に触れられた気がして、少しだけ緊張が和らぐ。
「きみは俺の退屈を終わらせてくれる気がするんだよね。

ねえ、このままきみのこと……さらってもいい？」
　雅くんの腕が私を引き寄せて、閉じ込めるように抱きしめてくる。
　優しい仕草だったのに、その力は強くて身じろぎでもびくともしない。
「わ、私は……っ、剣ちゃんが好きなの。だから、雅くんのものにはなれない」
「今、その名前を出さないでくれるかな」
　雅くんの手が私の顎を乱暴につかんで持ち上げる。
　そのまま唇をこじ開けるように親指を差し込んできた。
「あっ、うう……」
　急に雅くんの空気が変わった!?
　もしかして、剣ちゃんの名前を出したから？
　恐怖で心臓がバクバクと脈打つ。
　雅くんは引きつる私の顔をまじまじと見つめて、楽しそうに口角をつり上げた。
「言い忘れてたけど、俺……きみのそういう困った顔とか、泣きだしそうな顔がいちばん好きだよ」
　そんなの、全然うれしくないよ……。
　逃げだしたいけど、身体が動かない。
「た……すけ、て……けん、ちゃ……」
　助けて、助けて剣ちゃんっ。
　口に雅くんの指が入っていて、ちゃんとしゃべれない。
　でも、雅くんには私がなにを言いたかったのか、わかってしまったらしい。

「呼ぶなって、言ったよね?」
　スッと表情を消した雅くんが廊下の真ん中だというのに、私に顔を近づけてくる。
　まさか、キスするつもり!?
　嫌だっ。
　ぶんぶんと首を横に振っていると、遠巻きにこちらの様子を眺めている生徒たちの姿が見える。
　みんな雅くんに逆らえないのか、見て見ぬふりをして立ち去ってしまった。
　そんな……。
　絶望的な状況にぎゅっと目を閉じると、頬に涙が伝う。
　真っ暗な視界に浮かぶのは、剣ちゃんの顔だった。
　抵抗もできず、雅くんの吐息が唇にかかったとき――。
「公衆の面前で、なにやってんだよ!」
　剣ちゃんが雅くんの胸倉をつかんで、勢いよく私から引きはがす。
「剣ちゃん!」
　その姿を見ただけで、心に光が差すみたいに不安が消えていった。
　剣ちゃんは私の目の前に立つと、眉をつり上げたまま振り返る。
「全然帰ってこねぇから、探しにきてみたらこれだ」
　怒ったようにそう言って、剣ちゃんは視線を転じる。
　後ろによろけた雅くんは胸もとのワイシャツを整えながら、私と剣ちゃんを見比べた。

「きみ、本当に毎回タイミングが悪いよね」
「タイミングがいいの間違いだろ」
　バチバチとした一触即発の雰囲気に、廊下には誰もいなくなっていた。
　雅くんの家の権力は強いから、できることなら誰も関わりあいになりたくないんだろう。
「いい機会だから言っておく。俺は愛菜が好きだ」
　雅くんの前で言い切ってくれる剣ちゃんに、私の心臓が大きく音を立てる。
「俺の全部をかけてもいいって、そう思えるやつなんだよ。だから愛菜を泣かすなら、手加減なんてしてやらねぇ。本気でつぶす」
　剣ちゃんはまるで強張った私の心をほぐすように、想いを言葉にしてくれた。
　それにうれし涙がぽろっとこぼれたとき、雅くんがイラ立たしそうに爪を噛む。
「あー、もう。こんなにむしゃくしゃするのは久々だよ。でもね、俺はきみたちが両想いだろうと、どうでもいいんだ」
「お前が入る隙はねぇって言ってんだろうが」
「きみたちを見てたら、どんどん自覚するよ。俺の心をかき乱す愛菜さんが憎くて愛しいってね」
　狂気的なまでの愛情に、手足が震える。
　すぐに両腕で自分の身体を抱きしめるけれど治まらず、その場に崩れ落ちそうになった。

「ふざけんなよ。お前は屈折しすぎだ」
　冷静に指摘する剣ちゃんの声が間近に聞こえて、すぐに力強い腕に抱きとめられる。
「お前に愛菜は渡さねぇって言ってんだよ」
　私を抱きしめる腕に力がこもり、剣ちゃんの言葉が本心から出たものだとわかる。
　私は甘えるように、目の前の温かい胸に顔を埋めた。
　こうしてると、落ち着く。
　剣ちゃんの体温に、ようやく息をついた気がした。
「それにな、気持ちを押しつけんのは愛情じゃねぇぞ。ただの独りよがりだ」
　剣ちゃんは私をいっそう引き寄せ、鋭い眼光で雅くんを見すえる。
「これ以上、お前と話してても無意味だ。さっさと俺たちの前から消えろ」
「今は俺が引いてあげる。だけど……俺は諦めてないからね、愛菜さん」
　最後にふっと笑って、雅くんは離れていく。
　すると雅くんの周りには、教室から様子をうかがっていたファンの女の子たちが集まった。
　私は雅くんの背中を見送りながら、胸に渦巻く不安に耐えきれずつぶやく。
「私は……どうしたらいいんだろう」
　雅くんの行動を止められないと、またこうして襲われることになる。

思い悩んでいると、剣ちゃんが私の頭を自分の胸に引き寄せた。
「どうもこうもねぇよ。お前のことは俺が守る」
「剣ちゃん……」
「つーか俺、これからお前のトイレにもついていかないといけねぇのかよ。更衣室に続いて、ますます犯罪者に間違われるじゃねぇか」
　げんなりしている剣ちゃんには申し訳ないけれど、悩んでいる理由がなんだかおかしくて、私はくすっと笑ってしまう。
　すると、剣ちゃんが私の髪をわしゃわしゃとかき回す。
「まあ、なんだ。お前はそうやって笑ってろ」
「ふふっ、うん。ありがとう」
　さっきまで怖くてたまらなかったのに、剣ちゃんに触れられただけで嫌な記憶が吹き飛ぶみたい。
　不思議な安堵感に包まれて、私は自然と剣ちゃんに笑って見せた。

「えーと、着方は合ってるかな？」
　学校が終わり、屋敷に戻ってきた私は萌ちゃんからもらったヴェラの新作に身を包んでいた。
「こ、これは……メイド服？」
　うちにいる使用人さんたちが着ているものより、フリルが多くて色もカラフルだけれど、デザインは似ている。
「丈は短いし、胸もとも開きすぎかな？　こんなハイソッ

クス、履いたことないから不思議な感じかも」
　私は鏡の前に立って、約束の写真を撮ると萌ちゃんに送った。
　それから、私がやらなきゃいけないことは……。
　萌ちゃんから指示されたことを思い出す。
　剣ちゃんの給仕だ！
「でも、なにをすればいいのかな」
　考えを巡らせていると、萌ちゃんから返信が来る。
【愛ぴょん、かわいいっ！　それから、ケンケンへの給仕はできたかな？】
　私はワラにもすがる思いで、即座に【実はなにをすればいいのか、思いつかなくて】と返した。
　するとすぐに、スマホがピコンッと音を立てる。
　画面を確認すると【困っているだろう親友のために、萌からアドバイスだよ】というメッセージとともに給仕の項目が送られてくる。
　①料理をふるまうべし。
　②ケンケンの膝の上に座って、料理を食べさせてあげるべし。
　③着替えを手伝うべし。
　④ケンケンが眠るまで、頭を撫でてあげるべし。
「わあ、さすが萌ちゃん！」
　私は【ありがとう(*´ω`*)】と返して、手料理をふるまうために部屋を飛びだした。
　そのまま大きな厨房に足を踏み入れる。

そこにいたシェフや使用人たちは、私の姿に目をむいて驚いていたけれど、私のわがままで今日だけ食事の支度を休んでもらった。
「さて、やるぞ！」
　私は気合を入れてお母さんに習ったおみそ汁やブリの照り焼き、だし巻き卵に切り干し大根の煮物を作る。
「剣ちゃん、家では和食が多かったって言ってたし、喜んでもらえるといいんだけど……」
　ワクワクしながら調理を終えると、私は剣ちゃんが待っているリビングへ行った。
「失礼いたします！」
　私は使用人の人たちにも手伝ってもらって、料理を室内に運び込む。
「なっ、お前……」
　剣ちゃんは私を見て、信じられないというように何度も目をこすったあと、驚愕の表情のままフリーズした。
　すべての料理を並べ終わると使用人の人たちに下がってもらって、部屋にはふたりきりになる。
「剣ちゃん、これ私の手作りなんだ。お口に合うといいんだけど……」
「まず、その格好の説明を求める」
　剣ちゃんは怖い顔をして言った。
「え？　これ、萌ちゃんからのプレゼントだよ。ほら、今日の昼休みにもらってたでしょ？」
　くるりとその場で回って見せると、剣ちゃんはすぐさま

私から視線をそらす。
「こんの、バカ！　スカート短けぇのに、あんまし動くんじゃねぇよっ」
「でも、かわいいよね」
「それはまあ……って、なに言わすんだよ！」
「ええっ、なんで怒ってるの!?」
「自分の胸に手を当てて考えろ」
　言われた通り胸を押さえて心当たりを探す。
　うーん、うーん……。
「ごめんなさい、わかりません」
「……あ？」
　今まで史上、最高にドスがきいた「あ？」だった。
　私は剣ちゃんの顔色をうかがいつつ、びくびくしながらも一応伝えておく。
「あ、あのね。私は今日剣ちゃんの給仕係なので、そこのところよろしくね」
「よろしくね、じゃねぇ。今すぐ着替えてこい。この屋敷にも男がわんさかいるってのに、危ねぇだろうが」
　私よりも落ち着かない様子で人目を気にしている剣ちゃんに、私はにっこりと笑う。
「大丈夫！　もう剣ちゃんにしか見せる予定ないから」
「なにが大丈夫なのか、わからねぇ」
　どっと疲れたような顔をする剣ちゃんに、私は今のうちだとばかりに近づいた。
「ケンケンの膝の上に座って、料理を食べさせてあげるべ

し」
「——は?」
　口を半開きにしたまま目を点にする剣ちゃんの膝の上に、私は強引に座る。
「では、どうぞ!」
　私はまず、お箸でだし巻き卵を剣ちゃんの口に運んだ。
「いや待て、この状況で食えるわけねぇだろ。お前な、急になにを始めてんだよ」
「えっと、萌ちゃんの給仕リストを実行しようかと思いまして……」
「給仕リスト?　なんだそれ」
　顔をしかめる剣ちゃんに、①から④までの給仕リストを伝える。
　すると、みるみるうちに剣ちゃんのまとう空気が張り詰めていくのがわかった。
　怒ってる……これは怒ってる!
「あ、でも!　これはいつも私を守ってくれる剣ちゃんへの日頃の感謝も込めて、恩返しっていうか、その……嫌かな?」
「嫌とか、そういう話じゃねぇんだよ」
　剣ちゃんはもごもごとつぶやくと、私の腰をグイッと引き寄せる。
「仕掛けてきたのは、そっちだからな。俺を挑発しておいて、ただですむと思うなよ」
　熱っぽい瞳に捕われて、ぼーっとしてしまった私はうっ

かりだし巻き卵を落としそうになった。
「じゃあそれ、食わせてみろよ?」
　剣ちゃんは真顔で顎をしゃくり、だし巻き卵を指す。
「う、うん……」
　言われた通りにその口にだし巻き卵を運ぶ間、剣ちゃんは私から少しも視線を外さなかった。
　見られてると落ち着かないよ……。
　どきまぎしながら、私は料理を次々と剣ちゃんに食べさせる。
　ううっ、なんで無言?
　静かすぎて、なんか恥ずかしくなってきた。
　私はついに限界がきて、箸を置く。
「なんだよ、もう食べさせてくんねぇの?」
「いや、あの……視線が気になって」
　剣ちゃんの視線から逃れるように下を向けば、顎をくいっと持ち上げられる。
「だろうな。俺、今愛菜のこと男の目で見てっから」
「お、男の目って?」
「それ、聞いて後悔しねぇか?」
　剣ちゃんの目が妖しく光る。
　怖さと好奇心とがせめぎあって、私はぎゅっと剣ちゃんのワイシャツを握りしめた。
「し、しない……っ。好きな人の考えてること、ちゃんと知りたいから」
「じゃあ教えてやるよ」

剣ちゃんは私の腰を撫でながら、ゆっくりと顔をかたむけて唇を重ねてきた。
「んんっ……！」
　頭の芯までとろけそうになるキスに、身体から力が抜けていく。
　長い時間触れあっていた唇が離れると、私は剣ちゃんの肩に頭をもたれかけてぐったりとする。
「これが、こうしてお前に触れて、独占したいって思ってる男の目だ。覚えとけ」
「は、はい……」
「これにこりたら、軽はずみに男をあおんなよ」
　はい、身に染みました。
　コクコクとうなずくと、剣ちゃんはへばっている私を横抱きにしてお風呂場に連れていく。
「あの、なんでここに？」
　私を床に下ろすと剣ちゃんは腕を組んだ。
「そういや、萌の送ってきた給仕リストに『着替えを手伝うべし』っつーのがあったよな」
　私の質問には答えずに、剣ちゃんは新たな話題をぶっこんでくる。
「うん？　うん、でも……」
　やったら剣ちゃん、怒るよね。
　そう思って、給仕リストは料理を食べさせてあげるところで終了する予定だったんだけど……。
「今日は俺が主人みたいなもんだろ？」

「そう、だね」
　なんだろう、この胸騒ぎ。
　嫌な予感がしながら剣ちゃんを見上げる。
「じゃ、残りのリストは俺にやらせろ」
「え、なんでそうなるの!?」
「主(あるじ)の命令は絶対、だろ?」
　ニヤッと笑った剣ちゃんに、私は視線をさまよわせる。
「でも、今日は私が剣ちゃんの給仕係だし……」
「俺、お前と一緒にいるようになって気づいたんだけどよ。好きな女にはとことん世話を焼きたい性質(たち)らしい」
　剣ちゃんは問答無用で私の服のボタンに手をかけると、ひとつずつ外していく。
「じ、自分でできるからっ」
　慌てて、剣ちゃんの手を押さえようとした。
　けれど、逆に両手首を剣ちゃんにつかまれてしまい、頭上にまとめ上げられてしまう。
「俺の命令は?」
「あ……絶対、です」
　私は抵抗をやめて、剣ちゃんに服を脱がしてもらった。
　さすがに裸を見られるのが恥ずかしかった私は、タオルを身体に巻いて剣ちゃんに背を向ける。
　どうしよう、どうしよう!
　前にもタオル姿を見られたことはあった。
　だけどそのときは変なメールが来て取り乱していたこともあって、気にする余裕はなかった。

なのに今は、剣ちゃんを意識しちゃって恥ずかしい。
「じゃ、先入ってろ」
「え、先？」
　驚いて振り返ると、剣ちゃんはワイシャツを脱いだ状態だった。
　前から力持ちだなとは思ってたけど、剣ちゃんって結構筋肉ついてるんだな……って、私はどこを見てるんだろう!?
　顔を両手でおおうと、剣ちゃんがくくっと喉の奥で笑うのがわかる。
「これから嫌でも見ることになるのに、今からそんなんで大丈夫かよ」
「大丈夫じゃないっ」
　それに、これからって……。
　まさか、まだ付き合って間もないのに、そういうところまで行っちゃうってこと!?
　混乱して、その場に足が縫いつけられたみたいに動けなくなった。
　剣ちゃんは腰にタオルを巻くと、その場でフリーズしている私の手を引いてお風呂場に入っていく。
　それからあれよあれよという間に、気づいたら頭を洗ってもらっていた。
　どうして、こんなことになったんだっけ。
　さすがに身体は死守したけれど、一緒に湯船につかる羽目になった私は途方に暮れた。

私が大きな浴槽の隅で、剣ちゃんに背を向けていると後ろから声が聞こえてくる。
「あちー」
　その声にびくっと肩を震わせると、剣ちゃんがため息をつく。
「まだ慣れねぇの？」
「慣れるわけないよっ、急すぎるんだもん」
「なら、ショック療法だな」
　ショック療法？
　頭の中に『？』マークがいくつも浮かぶ。
　すると、ジャボジャボとお湯をかきわけながら剣ちゃんが近づいてくる気配がした。
　ま、まさか！
　勢いよく振り返ろうと思った瞬間——。
「愛菜」
　鼓膜をくすぐるような囁き。
　甘く低い声にぞくぞくと全身がしびれる。
　剣ちゃんは私を後ろから抱きしめると、肩に顎を乗せてきた。
「お前さ、自分からは俺に触るくせに、俺に触られるとすっげぇ恥ずかしがるよな」
「もしかして、さっき私がやったこと根に持ってる？」
　私は先ほどメイド服を着たり、ご飯を食べさせたりしたときの剣ちゃんの反応を思い出す。
「どうだかな」

ううっ、絶対に仕返しだ！
　私が剣ちゃんの腕の中でカチコチに固まっていると、剣ちゃんはぶっと吹きだした。
「動揺しすぎじゃね？」
「だって……好きな人とこんなにくっついてるんだもん。ドキドキして、どうしていいかわからなくなっちゃう」
「お前……っ、はぁ。ほんとに自覚がないって怖ぇな」
　剣ちゃんのため息がうなじにかかる。
　わっ、くすぐったい。
　思わず声をあげそうになったとき、剣ちゃんが私の顎を後ろから持ち上げる。
　そして、ちゅっとわざと音を立てるようにキスをした。
「剣ちゃん……」
　ふわふわした気分になって、私は剣ちゃんをぼんやりと見上げる。
　すると剣ちゃんは私の顔をまじまじと眺めて、頬を指先でくすぐってくる。
「やべ、かわいいな……お前」
　余裕がなさそうにつぶやくと、剣ちゃんは何度も何度も唇を重ねてくる。
「まだ足らねぇ」
「んんっ」
　もうダメだ、頭が沸騰しそう。
　というか、だんだん意識が……。
　目の前がかすんでいき、ぼんやりと剣ちゃんのシルエッ

トだけがかろうじて確認できる。
「おいっ、愛菜！」
　剣ちゃんの焦ったような声が聞こえたけれど、もう私は目を開けることができなかった。

「——はっ」
　パチッとリモコンのスイッチを入れるように、目を覚ました私は事態を把握できなくて周囲に視線を巡らせる。
　あれ、私……。
　剣ちゃんとお風呂に入って、それでどうしたんだっけ？
　考えようとすると頭がズキズキしだして、思わず顔をしかめる。
「起きたのか？」
　声が聞こえてベッドサイドを見ると、丸椅子に座った剣ちゃんが私をうちわであおいでいた。
「剣ちゃん、私……」
「風呂でのぼせたんだよ、覚えてねぇか？　つか、悪かったな。お前の火照った顔とか見てたら、つい止まんなくなった」
　剣ちゃんは耳を赤らめながら、顔をそむける。
　それにつられて頬が熱くなるのを感じながら、私は剣ちゃんの手を握った。
「それは私もだから……おあいこでいいんじゃないかな？」
　恥ずかしくて、声が小さくなっちゃったから、最後のほうは剣ちゃんに届いていたかわからない。

でも、剣ちゃんは私の手を強く握り返してくれる。
「あぁ、なら……そのあとで服を着せたのも髪を乾かしたのも不可抗力ってことにしてくれると助かる。あの状態で使用人を呼ぶわけにもいかなかったしよ」
「あ……本当だっ」
　髪も乾いてるし、服もいつの間にかネグリジェに着替えさせられてる。
「見ないようには、努力したからな」
　つけ加えるように言った剣ちゃん。
「なにからなにまで、ごめんなさい」
　全部、剣ちゃんがしてくれたのだと思うと恥ずかしくて死にそうだけど……なんでかな。
　剣ちゃんが私のためにしてくれることのすべてが、うれしい。
　剣ちゃんと出会ってから、こういう小さな幸せに気づけるようになったな。
　ふふっと笑ってしまうと、ベッドに剣ちゃんが入ってきて、隣に横になる。
「剣ちゃん!?」
「愛菜が眠るまで、頭撫でてやるから」
「あ、萌ちゃんの給仕リスト、まだやるんだ？」
　私は『④ケンケンが眠るまで、頭を撫でてあげるべし』という萌ちゃんのメッセージを思い出していた。
「おう、でも……なんもしねぇから安心しろ。今はちゃんと寝て、ちゃんと休めよ」

剣ちゃんは私を抱きしめると、寝かしつけるように頭を撫でてくれる。
「おやすみ、剣ちゃん」
「おやすみ、愛菜」
　私は剣ちゃんの胸に顔を埋めると、規則正しく響く鼓動に誘 (さそ) われるように眠りについた。

Episode 14：海外の留学生

　翌日、剣ちゃんは登校してすぐに鬼の形相で萌ちゃんの席にバンッと両手をついた。
「萌、いらんこと吹き込んだのはお前だな」
「えー、感謝されるならわかるけど、そんなふうににらまれるようなことした覚えはないぞ？　ケンケンだって楽しめたでしょ？」
　机に頬づえをついて、にっこり笑いながら小首をかしげる萌ちゃんに、剣ちゃんはぐっとうめいて押し黙る。
　それを静観していた学くんは、ふたりを眼中に入れないように私を振り返った。
「今日、このクラスに海外からの留学生が来る。とは言っても、1ヶ月限定だがな」
「そうなんだ！　どんな人なの？」
「……とある国の王子だ」
「うん？」
　聞き間違いじゃなければ、今"王子"って聞こえたような……。
　私が呆気に取られていると、学くんは疲れ切った表情で眼鏡を指で押し上げた。
「ヨーロッパの、小さくはあるが歴史のある国の王子でな。古くから親交がある日本の知識を深めるのと、社会勉強が主な留学の目的らしい」

「そ、そうなんだ」
「そこで学園滞在中の王子のサポートを俺が一任されている」
「それは責任重大だね。でも、生徒会長の学くんなら、適任だよ！」
　珍しく浮かない顔をしている学くんを励ましていると、私たちの話を聞いていた萌ちゃんが興味津々に振り返る。
「ええっ、本物の王子様が留学に来るの!?」
　その声にクラス中の視線が萌ちゃんに集まる。
　頭を抱える学くんの肩に、剣ちゃんが手を乗せた。
「騒ぎを起こしたくないなら、萌のいないところで話をするべきだったんじゃねぇの？」
「正論だな」
　学くんは苦い顔をする。
　剣ちゃんは窓枠に腰かけると、腕を組んで絶望のオーラをまとった学くんを見た。
「お前にしては珍しい失態だな。やっぱ学でも、桁違いなVIPの世話係は緊張すんのか？」
「ああ。先日、この学園で身代金目当ての事件が起こったばかりだろう。この状況で王子を迎えて、なにかあったら国際問題に発展する」
　思ったより重大な任務を背負ってるんだな、学くん。
　いたわるつもりで、私は学くんの机にチョコレートを置く。
「甘い物でも食べて元気出して。私になにか手伝えること

があるなら言ってね？　ほら、校内の案内とか！」
「ああ、助かる」
　この前の学園で起きた事件のときでも動じることがなかった学くんが、緊張しているのがわかる。
　こんな学くん初めて見たかも……。
　なんとしても助けてあげないと！
　そう意気込んでいると、教室の扉が開いた。
「おや、なんだか騒がしいね。留学生のことはもう広まってしまったかな」
　入ってきた担任の先生に続いて、金髪碧眼(へきがん)の男の子が現れた。
　その瞬間、クラスの女子の目が輝いた。
　それもそのはず、彼の透き通るような白い肌に整った目鼻立ちや立ち姿は、その肩書きがなくても高貴(こうき)な雰囲気をまとっていた。
　まさに、女の子なら誰もが憧れる理想(りそう)の王子様。
「こんにちは、私はディオと申します」
　ちょっとたどたどしいけれど、思ったより流暢(りゅうちょう)な日本語だった。
　ディオくん、綺麗な人だなぁ。
「よろしくお願いいたします」
　折り目正しくお辞儀をしているディオくん。
「席は少し前に転入してきた矢神くんの隣が空いているね。矢神くん、頼んだよ」
　先生から声をかけられた剣ちゃんは面倒くさそうではあ

るけど、うなずく。
　無視したり反抗したりしないだけ、進歩だなあ。
　この学園に来た頃の剣ちゃんなら、絶対に『面倒くせぇ』って言って、引き受けなかったと思う。
　出会った当初のことが頭に蘇ってきて、苦笑いしていると、ホームルームが終わった。
　ディオくんの周りには、さっそく女の子たちが集まる。
「留学なんて、勉強熱心なのね」
「社会勉強です。だからいろいろ教えてくれますか？　もちろん、可憐で美しいきみたちのことも」
　そう言ってウインクを送るディオくん。
　息をするみたいに女の子たちを口説いている。
　それに女生徒からは歓声があがった。
「もし、ディオくんに見初められたらロイヤルウェディングよ。素敵よね～」
　プリンセスになる自分を想像してか、女子のまとう空気がキラキラしている。
　それに呆気に取られている間にも、ディオくんはひとりの女生徒の手をすくうようにとってその甲に口づけた。
「日本の女性は慎ましやかで美しいですね」
　キスをされた女の子はボンッと顔を赤らめて卒倒する。
　それを目の当たりにした学くんの視線が遠くなった。
「想像以上のキャラだな……先が思いやられる」
「か、閣下！　しっかりっ」
　萌ちゃんが魂が抜けかけている学くんの肩を揺する。

そんなふたりを見てあわあわしていると、ガタンッと机を蹴る音がした。

まさか……。

「ここは日本だ。気色悪い茶番見せんじゃねぇ。俺の半径１メートル以内では、静かにお勉強してろ」

案の定、剣ちゃんはギロッとディオくん含め女子軍団をにらみつける。

「お勉強、どの口が言っている。あいつ、毎回赤点だろう……いや、論点はそこではない」

学くんの眼鏡がキランッと光った。

「王子に向かってなんてことを口走った……」

心なしか、学くんの背後に怒りの炎がめらめらと燃えている気がする。

「あいつはバカか？　ああ、正真正銘のバカだ。本能のままに生きる獣と同じじゃないか」

「ま、まあ学くん。剣ちゃんだって、あんなに周りが騒がしかったらイライラしちゃうと思うし……」

とっさに剣ちゃんをかばうと、学くんは静かな威圧感をまとって私を見すえた。

あ、これはまずい展開かも……。

「そもそも、これは森泉、お前の監督不行き届きだ。よって、あの獣を止めてこい」

ビシッと学くんが指さす先には、とてつもなく不機嫌な剣ちゃんと余裕の笑みを浮かべるディオくんがいる。

「ええっ」

——無茶振りだ！
　そうは思いつつ、学くんの目が恐ろしかったので私は立ち上がる。
「生きて帰ってね、ご武運を……！」
　白いハンカチを振りながら、縁起でもない声援を送ってくる萌ちゃん。
　私は恐る恐る剣ちゃんのもとへ向かう。
「剣ちゃん、落ち着いて」
「キャーキャーうるさくてかなわねぇんだよ」
「ディオくんはきっと、このクラスに来たばかりで、みんなと仲良くなろうって必死なんだよ」
「女を口説くのに必死、の間違いだろ」
　腕を組んで悪態をつく剣ちゃんだったけれど、一応は私の言うことに耳を貸してくれているらしい。
　不本意そうな顔で自分の席に腰かける。
　ようやく事が鎮まりそうだと思ったとき、スッと誰かの手が私の頬に添えられた。
「わっ」
　慌てて振り返ると、ディオくんの顔が間近にあった。
「私をかばってくれて、ありがとう。優しく、美しいあなたに心打たれてしまいました」
「あん？　なんつった、てめぇ」
　私の代わりに剣ちゃんが返事をすると、遠くから殺気が飛んでくるのを感じた。
　びくびくしながら視線を向けると、学くんの目が『矢神

を止めろ！　さもなくば学園から追放する』と訴えかけてくる。
　否、ような気がする。
　怖いよ……！
　私は泣きそうになりながら、ディオくんの手から逃れるように一歩下がった。
「あのね、ディオくん」
「なんですか、レディ」
　長身の腰を折って、うやうやしく小首をかしげながら尋ねてくるディオくんに、私は苦笑いする。
「私はレディじゃなくて、森泉愛菜だよ。来たばかりでとまどうことも多いと思うけど、ひとつだけお願い」
「お願い？」
「そう。ディオくんの国では日常のあいさつかもしれないけど、日本の女の子はスキンシップに慣れてないから、むやみやたらに触っちゃダメだよ」
「そうなのですか？」
「うん。それにディオくんはかっこいいから、周りが騒いじゃうと思うんだけど……」
　私は自分の唇に人差し指を当てる仕草をする。
「そういうときはディオくんからも、みんなに『しー』ってしてくれると助かるな」
「……なるほど、静かにってことですね」
「うん！　静かにね」
　よかった、わかってくれたみたい。

ほっとしていると、言ったそばからディオくんは私の腰を抱き寄せる。
「わかりました、プリンセス」
「プリンセス？　あの、私は愛菜だよ。それと、こういうことはやめ……」
　そう言いながら距離を取ろうとしたら、いっそう強く抱きしめられてしまう。
「安心してください、これからは愛菜だけにします」
　——なにが安心なのかわからないっ。
「えっと……ひとりに絞ればいいとか、そういうことでもなくて」
「うーん、日本語は難しいですね」
　困ったと言いたげな顔をしながら、ディオくんは私に顔を寄せてくる。
　た、助けて……っ。
　言葉と文化の壁にぶつかっていると、腕を力強く引っ張られた。
　え……。
　鼻をかすめるお揃いのシャンプーの匂（にお）い。
　気づいたときには、私は剣ちゃんの腕の中にいた。
「おい、そこのペテン師王子。都合の悪いときだけ言葉がわからないふりしてんじゃねぇぞ」
　剣ちゃんは私をディオくんの視界に入らないように、深く抱き込む。
　こんなときに不謹慎（ふきんしん）だけど……。

守ってくれる剣ちゃんにドキドキしてしまった。
「あなたは？　愛菜のなんですか？」
　私と剣ちゃんを見たディオくんは、真剣な表情で尋ねてくる。
「愛菜は俺の……っ」
　剣ちゃんの言葉が勢いを失ってしぼむ。
　頬をわずかに赤らめた剣ちゃんは、ぎりっと奥歯を噛むとそっぽを向いてしまった。
「そんなこと、わざわざ話してやる義理はねぇ」
　私が彼女だって言うの、恥ずかしかったんだろうな。
　なんだか、それが微笑ましい。
　剣ちゃん、実は結構な照れ屋だよね。
　そんなところも好きだなぁ。
　珍しく取り乱している剣ちゃんの表情に癒されていると、ディオくんがふんっと不敵に笑った。
「素直に女性をほめるのはマナーです。大切な女性には特に、愛を囁くべきだと思いますけどね」
「いいんだよ、俺とこいつは……そ、相思相愛なんだっつーの」
　ええぇっ。
　あの剣ちゃんが相思相愛って言った！
　信じられない……。
　絶対に誰かにのろけたりする人じゃないのに。
　開いた口がふさがらない私を、剣ちゃんが怒ったように見下ろす。

「なんだよ、その心底驚いたって顔は」
「本当にびっくりしたんだよ！ 相思相愛なんて、ふだん、そんなこと言わないでしょ？」
「それは……あいつに釣られた。以上」

出た、剣ちゃんの『以上』。

面倒くさいときと照れてるときは、絶対にこのひと言で話を切り上げようとするんだから。

「もう……でも、うれしかったな。うん、私たちは両想いで相思相愛だもんね」
「……っ、へらへらすんな。あと、調子に乗んな」
「ふふっ、はーい」

笑いながら返事をすれば、剣ちゃんは赤い顔をして私の鼻をきゅっとつまんだ。

そんな私たちのやり取りを見ていたディオくんは、眉をハの字にする。

「あなた方の仲がいいのは、わかりました」
「じゃあ、愛菜には近づくなよ。これ以上虫が増えると、追い払うのが面倒くせぇからな」

それってまさか、雅くんのこと？

というか、王子様を虫呼ばわり……。

また学くんに怒られちゃうよ。

ううん、今度こそ存在を抹消されちゃう！

恐ろしくて学くんのほうを見られないでいると、ディオくんは首を横に振る。

「答えはノーですね。婚約しているわけでは、ないのでしょ

う？　なら、まだ私にもチャンスがあるということです」
「結局こうなるのかよ……」
　宣戦布告するような強気なディオくんに、疲労困憊の剣ちゃん。
　ふたりを見つめながら、私はハラハラしてしまう。
　これからどうなっちゃうの……!?

　昼休み、私と剣ちゃんと萌ちゃんは学くんの手伝いで、一緒にディオくんに校内を案内することになった。
　もちろん、朝のホームルーム前に私から申し出たことだから断りはしなかったけれど……。
　もしディオくんに出会ってからだったら、全力で断っていたと思う。
　だって……。
　私は両脇にいるふたりをチラリと見る。
「愛菜、愛菜は日本の政治家の娘なんですよね？　でしたら、身分も相応。あなたをプリンセスに──」
「させねぇからな、ディオ。あと、気安く愛菜の名前を呼ぶんじゃねぇよ」
　いつ修羅場に発展してもおかしくない！
　ここから逃げたい！
　私は助けを求めるように背後を振り返る。
　すると、学くんは明後日の方向を見ていて、萌ちゃんはグッドラックとばかりに親指を立ててウインクしてきた。
　ううっ、助けは期待できない。

自分で乗り切るしかない。
　無意識のうちに逃亡経路を探していると、ディオくんが前髪をさっと手でかき上げながらため息をつく。
「剣斗、余裕がない男は嫌われますよ」
「節操がない男もどうかと思うけどな。女ならほいほい口説く癖、早々に改めたほうがいいんじゃねぇの？」
　売り言葉に買い言葉。
　もはや、ふたりは校内をただ歩いているだけ。
　説明もしていないし、見てもいない。
　そういえば、授業中も……。
　剣ちゃんは体育の剣道で、ディオくんは英語で競いあっていて、ずっと火花を散らしていた。
「ふたりとも、仲良くはできないのかな？　せっかく同じクラスになれたんだし……」
　それにディオくんは１ヶ月しか学園にいられない。
　言い争いばかりで留学期間が終わっちゃうのは悲しい。
　できれば、いい思い出を作って帰国してほしいんだけど、それは難しいのかな。
「すみません、それは愛菜のお願いでも厳しいですね」
　ディオくんは申し訳なさそうに目を伏せると、許しを乞うように腰をかがめて私の手を取った。
「これで機嫌を直してください」
　囁くようにそう言って、ディオくんは私の手の甲にキスをしようとする。
　けれどすぐに後ろから腰を引き寄せられて、ディオくん

の手が離れた。
「油断も隙もねぇな」
　剣ちゃんは私を抱き寄せたまま、敵意をむき出しにしてディオくんを見すえる。
「いいか？　こいつのお人好しは好意じゃねぇ。病気みたいなもんなんだよ。だから勘違いすんな」
　あれ、剣ちゃん。
　それ、さりげなく私のことをディスってない？
　ガーンと落ち込んでいると、ディオくんは両方の手のひらを上に向けて肩をすくめ、首を横に振った。
「まったく、レディの扱いがなっていませんね」
「うるせぇ」
　ガヤガヤと言いあっていると、タイミング悪く教室から雅くんが出てきた。
「あ……」
　頭の中に雅くんに襲われかけた記憶が蘇る。
　自然と身体が強張って、呼吸も浅くなった。
「……っ、ふう……」
　バクバクと鳴る胸を押さえていると、剣ちゃんが私を抱きしめたまま、雅くんに背を向ける。
「大丈夫だ、愛菜」
「剣ちゃん……」
　剣ちゃんはなだめるように私の背を軽く叩きながら、雅くんを振り返る。
「ぞろぞろと虫みてぇにたかりやがって」

「きみに虫呼ばわりされたくないな。それにしても、なんだかにぎやかだね」

　雅くんの視線が剣ちゃんからディオくんに移る。

「俺は安黒雅、本物の王子様に会えるなんて光栄だよ」

　雅くんは握手を求めるように、ディオくんに手を差しだす。

「アグロ……ああ、きみはミスター安黒の息子さんですね。こちらこそ、光栄です」

　快く握手を受けるディオくん。

　雅くんはいつものように感情を押し込めた笑みを浮かべていて、それがやっぱり怖かった。

「なに考えてんだよ、雅」

　剣ちゃんは警戒するように雅くんを見る。

「そうだね、殺虫剤でもまこうかなって」

　そう答えた雅くんの楽しげな視線が私に向けられる。

　まさか、みんなになにかするつもりじゃ……。

　なんとなく嫌な予感がして、私は剣ちゃんのワイシャツをギュッと握りしめた。

「おーおー、よーくまいとけ。自分にな」

　剣ちゃんは不敵に笑ったあと、すぐに表情を消して雅くんをにらみつける。

　対する雅くんは笑みを崩さず、剣ちゃんの視線をサラリとかわして、私たちの横をすり抜ける。

　その間際に「またね」と囁くと、一度も振り返ることなく廊下を曲がっていった。

姿が見えなくなってようやく息をつくと、剣ちゃんが気遣うように私の顔を覗き込む。
「愛菜、大丈夫か？　顔色が悪いな」
「う、うん……ごめんね、いろいろ思い出しちゃって」
　いつも剣ちゃんの陰に隠れてばっかりだな。
　いつまで雅くんから逃げ続けるんだろう、私……。
　このままじゃダメだと思いながらも、動きだせなかったことを悔やんでいるとディオくんが真剣な表情をする。
「光栄、などと口では言っていましたが、彼は底知れない目をしていますね」
　ディオくんは剣ちゃんにしがみついたまま離れない私を気遣うような眼差しでじっと見つめる。
「愛菜も怯えているようです。なにか、彼とありましたか？」
　内容が内容だけに、話しにくいな。
　私が言いづらそうにしているのに気づいたのか、剣ちゃんが代わりに口を開く。
「いろいろあるんだよ、あいつとは。けど、愛菜にはぜってぇに近づけたくない相手だ」
　私を抱きしめる手に力を込める剣ちゃん。
　すると、萌ちゃんが心配そうな表情で私のところにやってきた。
「ケンケンは人嫌いだけど、雅っちにはあからさまっていうか……よっぽど危険なんだね。愛ぴょん、萌も愛ぴょんのこと守るからね？」
「萌ちゃん……ありがとう」

なんとか萌ちゃんに笑みを返すと、学くんは「とにかく」と私たちの前に出る。
「昼休みももう終わる。校内を案内するのは後日(ごじつ)にして、教室に戻るぞ」
　その言葉に賛同した私たちは、その場に立ち込める不穏(ふおん)な空気から逃れるように教室に向かった。

Episode 15：危険なトライアングル

　数日後、学園ではディオくんの歓迎会が行われていた。
　日本の文化に触れてもらおうと、クラスごとに出し物──和服の着付けや茶道、弓道体験ができるブース──が教室や体育館などに設置されている。
　学園総出のちょっとした文化祭みたいなものだ。
「王子ひとりのために、VIP待遇だな」
　窓に寄りかかって気だるそうに後頭部で両手を組みながら、剣ちゃんはあくびを嚙みしめている。
「でも、ディオくんのおかげでこんなにかわいい着物が着られるんだもん。感謝しないと！」
　興奮しながらそう言った萌ちゃんはくるりと回りながら、持参したロリータテイストあふれる着物を披露した。
「そうだね。いろいろ怖いことがあったあとだから、こうして学園全体で楽しいことをするのはいいのかも」
「さっすが愛ぴょん！　わかってるっ」
　ひしっと抱きついてくる萌ちゃんがかわいくて、私はふふっと笑う。
　着物の着付け体験の出し物を担当することになった私たちのクラスは、全員着物着用。
　なので、剣ちゃんは真っ黒の紋付き袴を着ていた。
　なんだか武士って感じで、かっこいい。
「愛ぴょんは着物を着てると、どこかのお姫様って感じが

するよね！」
「そうかな？　私は着物に着られちゃってる気がするんだけど……」
　萌ちゃんにほめられて、改めて自分の姿を見下ろす。
　私が着ているのは、淡い水色の生地に菊の花が描かれた着物。
　これはうちのクラスの生徒の実家――京都の有名な呉服屋さんが手配してくれたものだ。
「そんなことないよ？　いつもはかわいいけど、今日は綺麗っ。ね、ケンケンもそう思うでしょ？」
　萌ちゃんがむふふっと意味深に笑いながら、剣ちゃんに同意を求める。
「萌ちゃん、恥ずかしいからそんなこと聞かないでっ」
　慌てて止めに入ると、剣ちゃんは私から目をそらしつつ、首に手を当てながら近づいてきた。
「剣ちゃん？」
　私の前で足を止めた剣ちゃんを見上げると、顔が真っ赤だった。
「おい、それ脱げ」
「ええっ、無理だよ！　着物着用は決まりだし……」
　剣ちゃんの無茶なお願いに困っていると、みんなから隠すように腕の中に閉じ込められる。
「お前のこの姿みたら、男連中が変な気起こしかねないだろ。お前がかわ……」
「ああ、愛菜。とってもキュートです。やっぱり、着物は

いいですね!」
 どこからか明るい声が飛んできて、剣ちゃんの言葉はさえぎられる。
「ディオ、俺のセリフ取るんじゃねぇ」
「剣斗がスマートに女性をほめられないから先を越されるのです。素直に自分の非を認めたらどうですか」
 顔を合わせれば、お決まりのように火花がバチバチと散ってしまうふたり。
 その半歩後ろには、渋い抹茶色の着物を身に着けた学くんの姿もあった。
「付き合いきれんな」
 今までディオくんを案内して各クラスを回っていた学くんは、げっそりしている。
 それもそのはず、ディオくんをひと目見ようと女の子たちが教室に押し寄せてきているからだ。
 きっと、案内している最中も女の子に囲まれて大変だったんだろうな。
「第一、王子ひとり来たくらいでここまでするか? これだから金持ち学園は」
 腕を組んで苦い顔をする剣ちゃんに、学くんは「当然だろう」と言いながらディオくんと歩いてくる。
「着物も王子に着てもらえれば、それだけでブランドの価値は上がるからな。ニュースにでもなってみろ。日本文化の宣伝、経済効果は絶大だ」
「お前と話してると、たまに年齢詐称してんじゃねぇかっ

て疑うわ」
　剣ちゃんが怪訝な眼差しを学くんに向ける。
　そのとき、ディオくんが私の手をエスコートするように取った。
「愛菜、このあとも私は学園内の出し物を見て回ります。愛菜も一緒に行きましょう」
「あ、でも……私はここで出し物の手伝いをしないといけないから……」
　やんわりと断ろうとしていたら、学くんは眼鏡を指で押し上げながらため息をつく。
「仕方がない、森泉も手伝ってくれ。生徒会から特別に仕事を言い渡したと、クラスの人間には伝えておく」
「わ、わかった」
　学くんも大変だな。
　できる限り、協力してあげよう。
　そう思っていると、剣ちゃんが私の隣に並ぶ。
「それなら俺も行く。学、俺のサボる口実も適当に根回ししろよ」
「あぁ、お前なら森泉にくっついてくると思っていた。クラスの人間に説明しておこう」
　さすが学くん。
　剣ちゃんは私のボディーガードだもんね。
　一緒に行動させてもらえるのは、ありがたいよ。
「剣斗も来るんですか」
「不満か、ディオ」

「いいえ。これで正々堂々、愛菜の心を手に入れられます。むしろ、好都合です」

それを耳にした剣ちゃんは、すかさず私とディオくんの間に立つ。

「これだから、目が離せねぇんだよ」

「ガードが固いですね」

バチバチとした視線を交えるふたり。

学くんは何度ついたかわからないため息をこぼして、私を振り返る。

「行くぞ、森泉。あいつらに付き合っていたら日が暮れる。お前が歩き出せば、自然とついてくるだろう」

「はは……苦労人だね、学くんは」

学くんが言ったように、私が教室の戸口に歩いていくと、言い争いを続けながら剣ちゃんたちも追ってきた。

「予定が大幅に遅れている。これではすべての出し物を回り切れるかわからんな」

学くんは眉間にしわを寄せながら、出し物リストに目を走らせる。

「ただ、森泉がいればスムーズに進みそうだ。あいつらの調教師だと思って、うまくコントロールしてくれ」

「尽力はしてみます……」

学くんの無茶振りが増してる。

きっと、相当なストレスがかかってるんだろうな。

私たちは萌ちゃんに見送られながら、廊下の外に出る。

すると、瞬く間に女の子たちに囲まれてしまった。

「ディオくん、うちのクラスにご案内しますよ」
「なに言ってるのよ、茶道教室にいらして？ 家元のご令嬢から直々に教えてもらえるんですのよ」
　わぁー……。
　女の子の群れに道をふさがれてる。
「お、押しくらまんじゅう？ ディオくん、すごい人気なんだね」
　唖然としていると、学くんは眉間を指で揉む。
「さっきよりもひどくなっているな。矢神が加わったからか……」
「え？」
「矢神は態度こそ粗暴だが、見てくれはいい。密かにファンも多いぞ」
　学くんの視線を辿るように剣ちゃんを見る。
　すると、話しかけずに遠くから剣ちゃんを眺めている女の子たちが大勢いた。
「今日も野獣の雰囲気を醸しだしていますわね」
「ええ、あの危ない男感がたまりません」
「それに、とってもお強いわよね。守られたいっ」
　女の子たちのひそひそ声を聞きながら、改めて剣ちゃんがモテることを知る。
　忘れてたな。
　そういえば、剣ちゃんはイケメンだった。
「忘れてたって顔だな」
　学くんに心の中を見透かされて、どきっとした。

「うん……ちょっと不安になってきちゃった」
　今さらって感じだけど、私以外にも女の子はたくさんいるわけで……。
　ましてや危険ばかり呼び寄せる私より、普通の女の子が彼女になったほうが剣ちゃんは幸せなんじゃないかな。
　そう思うと、剣ちゃんが私といるメリットなんてないんじゃ……。
　嫌な考えばかりが頭の中を堂々巡りして目を伏せると、学くんの柔らかな声が頭上から降ってくる。
「自分の家柄を引け目に感じているのか」
「あ……もう、学くんには隠し事できないね」
「森泉は考えてることが顔に出るからな」
「うっ」
　頬を両手で押さえると、学くんは私を見て少しだけ口もとをゆるめる。
「危険を引き寄せるから、矢神のそばにいていいのか不安……ってところか」
「ここまでくると、学くんはエスパーだね。うん、剣ちゃんが私を好きでいてくれてるのは知ってるんだけど、どうしても考えちゃうの」
　だって私は……学校生活に私生活。
　剣ちゃんから普通をたくさん奪っちゃったから。
「私といて、剣ちゃんは本当に……」
「幸せなのか、矢神の気持ちを知りたい……か」
「え？」

学くんの顔が間近に迫って、目の前が陰る。
「手間ではあるが、森泉にはディオ王子に付き合わせた借りがある。それをたしかめる手伝いをしてやろう」
「う、うん？」
　その言葉の意味がわからず、曖昧な相づちを打ったとき、学くんが私を抱き寄せた。
「ええっ」
　これは何事!?
　学くんの行動に驚いていると、耳打ちされる。
「俺に合わせていれば、矢神の本音が聞けるぞ」
「え……」
　目をぱちくりさせて学くんを見上げたとき、イラ立ったような声が飛んでくる。
「おい学、なにしてやがる」
　剣ちゃんが女の子たちをかきわけて、ずんずんと近づいてきた。
「悪かったな。着物姿の森泉が普段より綺麗に見えた。気づいたら身体が動いていた。きっと、心を奪われてしまったんだろう」
　──い、いやいやいやっ。
　そんな無表情で小説みたいな感想をつらつらと……。
　しかも棒読み！
　さすがに演技ってバレバレだよ。
　剣ちゃんが本気にするわけない。
　そう思っていたのに、こちらに向かってくる剣ちゃんの

背後には、ただならぬオーラが見える。
　剣ちゃんからはなたれる威圧感に、周囲からはヒイッと悲鳴が上がった。
「離れろ、愛菜に触るな」
「……はぁ、少しでも目を離した矢神が悪い。本当に森泉が好きなのか？」
「あ？　お前、なに言って……」
「危険に巻き込まれて、実は面倒だと思っているんじゃないのか。そこにいる取り巻きみたいな女なら、平穏に付き合えるのにってな」
　学くんの言葉を聞いた剣ちゃんは、ふうっと息を吐く。
　その瞬間、まとう空気が冷めていくのがわかった。
「おい……いくら学でも、それ以上は許さねぇぞ」
　剣ちゃんの目が静かな怒りに燃えている。
「俺はな、愛菜と付き合った時点でそんなもんとっくに覚悟してんだよ。危険だからなんだ、平穏なんていらねぇよ。愛菜さえいればそれでいい」
　まっすぐな眼差しと想いに、心が震える。
　目が潤みだして、涙がこぼれないように瞬きでごまかしていると学くんは私を見た。
「だ、そうだ。矢神は森泉といて幸せらしい」
　ぱっと手を離して私を解放した学くんに、剣ちゃんは『どういうことだよ』と言わんばかりに眉を寄せる。
　その視線を無視して、学くんは私に言った。
「森泉は矢神の見た目に恋をしている女とは違うだろう。

初めから中身を好いて、そばにいる。そういう相手と出会えることは、男からすれば最上(さいじょう)の幸せだと思うがな」
「学くん……だからわざと憎まれ役をして、剣ちゃんの気持ちをたしかめてくれたの？」
　それには答えずに、学くんは小さな笑みを浮かべる。
　もう、やっぱり学くんは大人だなぁ。
　学くんという親友に出会えてよかった。
　心からそう思っていると、不穏な気配を感じた。
　主に剣ちゃんからはなたれている。
「この野郎……たばかったな、学……。人前でなに言わせんだ、コラ」
「もとを辿れば、矢神の失態だろう。森泉は特殊な環境で育ったんだ。これにこりたら、不安にさせるような行動は慎(つつし)むんだな」
「…………」
「森泉は絵に描いたようなお人好しだ。お前のためなら、自分から身を引くぞ」
　学くんはそう言って、くるりと背を向ける。
「そろそろ行くぞ。森泉、ディオ王子を呼んでくれ」
「あ、うんっ」
　黙り込んでいる剣ちゃんが気にかかったけれど、私は女の子たちに囲まれているディオくんに声をかける。
「ディオくーん！　行くよー！」
「……！　すみません、レディたち。私のプリンセスが呼んでいるので、通してください」

謝りながらこちらにやってくるディオくんに、学くんは呆れている。
「俺のときとは違って、腹立たしいくらいに素直だな」
「ははは……」
　乾いた笑みが出る。
　私は学くんに怒られると、先生に叱られてる気分になるから、つい言うことを聞いちゃうのにな。
　萌ちゃんの場合は閣下って呼びながら従順だし、剣ちゃんも不満は言いつつ、なんだかんだ学くんを信頼して動いてる。
　なのに学くんを翻弄するディオくんって勇者かも。
　いや、さすがは王子様。
「俺がなにを言っても、ディオ王子は声をかけてきた女性をないがしろにはできないと、ひとりひとり相手をしていた。おかげで、まったく歩みが進まなくてな」
　生徒会長で学園長の息子である学くんだから頼まれたんだろうけど、ディオくんの扱いに苦戦してるみたい。
「ディオくんは博愛主義者なのかも。ほら、王子様だから国民全員愛してるっていう」
「愛するのは勝手だが、自由すぎる。森泉、王子が役目を果たせるようにしっかり手綱を握っておいてくれ」
　王子って呼んではいるけど、学くんの中でディオくんは、きっと馬かなんかなんだろうな……。
　先が思いやられるけれど、私たちは出し物を見て回る。
　まず足を運んだのは書道教室だった。

「愛菜、彼らはなにをしているのですか？」
　ディオくんは半紙に墨で文字を書いている生徒たちを食い入るように見ている。
「書道だよ。墨と筆で文字を書くの。ディオくんもやってみたらどうかな」
　紙と筆を準備してあげると、ディオくんはなぜか【豚肉】と書いた。
「えっ、なんで？　なんで豚肉!?」
「萌です。日本語を知りたいとお願いしたら、教えてくれました」
　萌ちゃん、なんて突拍子もない単語をチョイスしたんだろう。
　絶句していると、学くんは半目になる。
「やはり宇宙人だな、花江は……ディオ王子、まず日本語を聞く相手を間違えている」
「そうですか？　では、愛菜……」
　床についていた手に、ディオくんの手が重ねられる。
「手取り足取り、愛菜が教えてください。そうですね、まずは日本の愛の言葉のひとつでも……」
「ほかのやつを当たれよ」
　ディオくんの言葉をさえぎったのは剣ちゃんだった。
　剣ちゃんは澄ました顔をして、筆を持ったディオくんの手をつかむと……。
　そのままディオくんの顔にヒゲを描き、べーっと舌を出す。

「何度も忠告したのに聞かねぇから、こうなるんだよ」
　状況が飲み込めていないディオくんは、女子生徒から手鏡を借りて自分の顔を見る。
「剣斗……あなたの嫉妬はときに、すばらしい芸術を生みだすのですね」
「……は？」
「私の美しさに磨きがかかりました」
　墨汁のヒゲを満足そうに自慢しているディオくんに、剣ちゃんがぽかんと口を開ける。
「いや、ここは悔しがれよ」
「なぜです？　ヒゲのある私も美形ではないですか」
「あぁ、そうかよ。もういい」
　早々に説明を諦めた剣ちゃんの隣に、学くんが立つ。
「自分に酔っている人間には、効かなかったようだな」
「幸せだな、ある意味」
「敗北の原因は、墨汁でヒゲを描くなんていう矢神の小学生並みな報復にあると思うが」
「うるせぇ」
　学くんの冷静な分析にフイッとそっぽを向いた剣ちゃんだったけれど、少しして視線を私によこす。
「これからは手加減しねぇ。どんだけ俺に想われてんのか、とことん教え込んでやるって決めた」
「え……？」
　どういう意味？
　きょとんとしていると、剣ちゃんが片手で私の前髪をか

き上げる。
「そばにいていいのかなんて、そんなこと考える余裕もなくなるくらい俺の気持ち全部ぶつけてやるから」
　コツンと優しく額が重なって、剣ちゃんの熱っぽい瞳が間近に迫る。
　周りに人がたくさんいるはずなのに、剣ちゃんのことしか視界に入らない。
「いっそディオくらい振り切ってみてもいいかもな。ここでキスでもすりゃぁ、お前に手ぇ出すバカもいなくなるか？」
「え、えっと、ここは人が……っ」
「あぁ、そうだな」
　あれ、素直に引き下がってくれた？
　ふたりきりのときは意地悪して、絶対にやめてくれないのに……。
　驚いていると、剣ちゃんの親指が私の唇をふにっと押して、それから輪郭をなぞる。
「お前のこんな顔、誰にも見せてやる義理はねぇな。俺だけのものにしたい、俺だけが知ってればいい。そう思ってんだけど、まだ不安か？」
「ヘ？　ええっ、わわっ」
　もう、自分がなにを言っているのかがわからない。
　とにかく恥ずかしいので、私は剣ちゃんの胸を押し返すと距離を取る。
　でもそれを許さないとばかりに、剣ちゃんは私の手首を

つかんで引き寄せる。
「逃げんな」
「だ、だって……」
「そばにいたら迷惑がかかるとか、バカげたこと言って離れていこうとしても、逃がす気ねぇぞ。俺から離れられると思うな」

　私から手ばなしても、剣ちゃんは離さないって言ってくれてる。

　そんな束縛にも似た告白に、私はどうしようもなく安心してしまうのだった。

　すべての出し物を見終わって自分のクラスに戻ってくると、クラスの女の子に呼ばれた。
「森泉さん、この廃材を捨ててきてほしいんだけど、いいかな？」
　頼まれたのは歓迎会で使った段ボールの山。
　すでにまとめられて台車に載っていたので、私は「うん、行ってくるよ」と引き受ける。
　すると、剣ちゃんはスッと横から私が押していた台車の取っ手をつかんだ。
「俺がやる。ただ、お前をひとりにはできねぇから、一緒についてこい」
「うんっ、ありがとう」
　迷わず手伝ってくれる剣ちゃんを見上げて、私はうれしい気持ちを隠さずに笑顔をこぼす。

「なら、私もご一緒します。愛らしい愛菜ともっと話をしたいですから」
　ヒゲを落としたディオくんがスッと隣にやってきて、私の顔を覗き込んだ。
　その綺麗なブルーの瞳に目を奪われていると——。
「近いんだよ、離れろ」
　耳もとで聞こえた声に、ドキッとする。
　剣ちゃんは台車を押しながら、片手で私を引き寄せた。
「堂々と人の女を口説くんじゃねぇ。ほかの女ならいいけどな、愛菜だけは王子だろうが御曹司だろうが、誰にもやらねぇからな」
「剣ちゃん!?」
　普段なら、絶対にこんなこと言わないのに……。
　さっきもだけど、どうしちゃったの!?
　驚きで口をパクパクしてしまう私に、剣ちゃんはムッとした表情で顔を近づけてくる。
「隙を見せんなっていつも言ってんだろうが。今日はとくに……かわいい格好……してんだからよ」
　気恥ずかしそうに目をそらしながら、剣ちゃんは私の着物姿をほめてくれる。
　どうしよう……すっごくうれしいっ。
　波のように押し寄せてくる幸福感に、私は剣ちゃんの着物の袖をつかむ。
　そうして、なぜか3人で廃材を捨てにいくことになった私たちは台車があるのでエレベーターを使うことにした。

「この学園は楽しいですね」
　エレベーターに乗り込むと、ディオくんがぽつりとそうこぼした。
　なんだろう、今の言い方……。
　少し寂しそう？
「ディオくんの学校は楽しい？」
　気づいたら、そう聞き返していた。
　ディオくんは困ったように笑って、天井を見上げる。
「私の学校はここと同じように、資産家や王族の者が通います。だけど……」
　一度口をつぐんだディオくんは、笑顔をしぼませていく。
「常に王家の名に恥じない振る舞いが求められて、発言や行動には気を遣うのです」
「ディオくん……」
「学校で大声で笑うようなことはないし、本音でぶつかってきてくれる人は誰もいません」
「じゃあ、ここに来て少しは素のディオくんでいられた？」
「はい！　愛菜や剣斗みたいに、ありのままの自分をさらけだしてもらえて、うれしかった」
　なんだか、ディオくんの気持ちがわかるな。
　お父さんの付き添いで社交界に出たとき。
　そこで出会うのは、ほとんどが人を蹴落とすための弱みを探りにくる権力者ばかり。
　駆け引きや社交辞令が飛び交うそこは、息がつまりそうだった。

でも、私は剣ちゃんに出会った。
　森泉議員の娘ではなく、愛菜として見てくれた人。
　私にとって奇跡みたいな瞬間だった。
「愛菜たちといると、私も王子ではなくディオというひとりの人間でいられます」
「うん、私たちは王子のディオくんと友だちになったんじゃないよ」
　強くうなずいてみせれば、私の言葉をつなぐように剣ちゃんも口を開く。
「ダチになったディオが王子だったってだけだ。つーかお前、王子っていうよりホストだな」
「愛菜、剣斗……」
　私たちの言葉を聞いたディオくんは、目を丸くして固まっていた。
　それからしばらくして、ぷはっと吹きだす。
　それはいつものよそゆきの王子の笑顔ではなく、もっとくだけたものだった。
「ホスト、日本では女性を楽しませる職業でしたね！　そうだ、王子をクビになったらホストに転職して日本に来ますよ。愛菜のそばにいたいですから」
「ディオ、てめぇ……理由が邪なんだよ」
「それだけ愛菜は魅力的なんです。王子に対してもまっすぐで、正しいことやそうでないことをはっきり口にしてくれます。絶対に私のプリンセスにします」
　そう宣言して、ディオくんが私をエレベーターの壁際に、

じりじりと追いつめてくる。
 それを阻止するように、剣ちゃんが私の手を引いた。
「だから、やらねぇって言ってんだろうが」
 私を抱きしめながら、剣ちゃんはディオくんをにらみつける。
 ああ、どうしてこうなっちゃうんだろう。
 さっきまで、ほのぼのした空気になってたのに。
 思わずため息をついたとき、ふと疑問がわく。
「あれ？　エレベーターが止まってる？」
 結構、話し込んでたのにまだ１階に到着してないなんて、おかしい。
 そもそも、このエレベーター動いてたっけ？
 そう思ってボタンを見ると、行先ボタンが押されていないことに気づいた。
「あ、ボタンを押し忘れてたんだね」
 私は１階のボタンを押す。
 すぐに下降し始めたエレベーターだったけれど、突然、急ブレーキがかかったみたいに停止する。
 ——ガタンッ。
「わっ」
 体勢を崩した私に、２本の腕が伸びてくる。
「「愛菜！」」
 剣ちゃんとディオくんの腕が後ろから私の脇の下に差し込まれて、前のめりになる身体を支えてくれた。
 おかげで私は、顔面から転ばずにすむ。

「ふ、ふたりとも、ありがとう」
　私は剣ちゃんとディオくんを振り返った。
　すると、真っ先にディオくんがふっと笑う。
「どういたしまして」
　ディオくんが笑うとあたりが輝くみたい。
　さすが、王子様スマイルだなぁ。
　キラキラしたディオくんに思わず見とれていると、剣ちゃんはエレベーターの非常ボタンを押す。
「やべぇな、反応してねぇ」
　剣ちゃんが何度もボタンを押しても、カチカチと軽い音が鳴るだけで警備室にはつながらない。
「あ、スマホで連絡——」
　そう思ってすぐ、スマホが教室の自分の机の横にかけた鞄の中にあることに気づく。
　それは剣ちゃんもディオくんも同じだったようで、困ったように首を横に振っていた。
　エレベーターの中って、狭くて圧迫感がすごいな。
　こんなところに閉じ込められちゃうなんて……。
　誰にも見つけてもらえなかったら、どうしよう。
　ひたひたと迫ってくる恐怖に耐えるように、私は両手を合わせてぎゅっと握る。
　それに気づいた剣ちゃんが私の頭をぽんっと撫でた。
「教室には学も萌もいる。俺たちが戻ってこなければ、さすがに探しにくるだろ」
「そうです。学は頭がいいですから、私たちの居場所はす

ぐにわかると思います」
　ふたりとも……。
　こんなことを言ったら、怒られちゃうかもしれないけど、ふたりが一緒でよかった。
　みんなでエレベーターの壁に背を預けながら、床に腰を下ろして救助を待つ。
　けれども、数十分経過してもいっこうに助けは来ない。
　しかも、やけにエレベーターの中が暑い。
「空調 止まってねぇか？」
　剣ちゃんが着物の胸もとをつかんで、パタパタとあおぎながらエレベーターの天井を見上げる。
　学園のエレベーターにはエアコンが設置されているけれど、今は夏じゃないので送風機能しかつけられていなかった。
　でも、その送風すら止まっているみたい。
「真夏でなくても、この密閉空間では熱がこもります。送風機が止まったのは、危険ですね。とりあえず上着を脱いで調節しましょう」
　ディオくんはそう言うけれど、私も剣ちゃんもこんなときに限って着物だ。
　脱ぐとなると肌着だけになるんだけど……。
　背に腹は代えられない！
「ディオ、壁のほう向いてろ。ぜってぇに愛菜を見んじゃねぇぞ」
　剣ちゃんににらまれたディオくんは苦笑いしながらも、

背を向けてくれる。
　着物に手をかけた私の後ろで、剣ちゃんも袴を脱いだ。
　私たちは肌着の格好になると、その場に座り直した。
「学ならすぐに気づくはずなのに、ここに辿りつかねぇってことは外でなんかあったな」
「原因は私かもしれませんね。狙われる理由には心当たりがありすぎるほど、ありますから。巻き込んですみません」
　頭を下げるディオくんに、剣ちゃんは拳を作ると——。
「うじうじすんじゃねぇ、このうじうじホスト王子」
　剣ちゃんはディオくんの脳天に拳を落とす。
「い、痛いです……」
「お前は愛菜に似てるな。そばにいたいからいる。守りたいから守ってるっつーのに、巻き込まれた？　他人行儀な言い方はやめろ」
　文句をつらつらと吐きだした剣ちゃんは立ち上がると、エレベーターの扉の前に立つ。
「俺は自分で望んで、ここからお前たちを出す。そのためにできることは、いくらでもやってやるよ」
　そう言って、エレベーターの扉を叩きながら「誰か、そこにいねぇか！」と叫んだ。
　それを見ていたディオくんもふっと笑って腰を上げると、非常ボタンをもう一度押した。
「さっきのは失言でした。私もあなたたちとここから出られるようにがんばります」
　そっか……。

剣ちゃんとディオくんのやりとりを聞いて、私ははっとする。
　巻き込みたくないとか、迷惑をかけてるんじゃないかとか、それって無意識のうちに剣ちゃんを遠ざけていたんだ。
　そうだよね、私も剣ちゃんと逆の立場だったら同じことを思ったはず。
　どうして、巻き込んでくれないのって。
「剣ちゃん、勝手に不安になってごめんね。私、自分のことが信じられてなかったんだ」
　私は立ち上がって、剣ちゃんの隣に立つとエレベーターの扉に手をつく。
「剣ちゃんが傷ついたり、危険な目に遭うたびに怖くなるから……それに耐えられる自信がなかったの。でも、私は剣ちゃんを好きになった」
「愛菜……」
　私は驚いている剣ちゃんの目をしっかりと見つめた。
「なにがあっても私は……剣ちゃんのことを諦めるなんてできない。それくらい、私も剣ちゃんを求めてる」
　剣ちゃんははっきり『求めてる』と言い切った私に、息を飲んでいた。
　驚いている様子の剣ちゃんに、私は強気に笑う。
「だから、一緒にいるために、ふたりで危険を乗り越えていけばいいんだよね」
「……っ、やっとわかったか」
　剣ちゃんは照れくさそうに笑うと、扉に向き直った。

「出るぞ、全員で」
「うん!」
　私の答えを聞いた剣ちゃんは満足そうにうなずいて、「誰か!」と叫びながらエレベーターの扉を叩く。
　私も剣ちゃんに負けないように大きな声で「閉じ込められてるんです!」と叫んで扉を叩いた。
　すると、扉の向こうから……。
「森泉、矢神、ディオ王子、そこにいるのか!?」
　学くんのくぐもった声が聞こえてくる。
　私たちは顔を見合わせて——。
「「学!」」
「学くん!」
　学くんの名前を呼んだ。

　エレベーターに閉じ込められた日から数週間後。
　あのあと、私たちは念のため病院に連れていかれた。
　幸いにも、3人ともケガも病気もなく検査(けんさ)の結果は良好(りょうこう)だった。
　学くんがすぐに助けにこられなかったのは、雅くんに「校門の前にガラの悪い男たちがたむろってるから、なんとかしてほしい」と頼まれたかららしい。
　その対応に追われていて、私たちを発見するのに時間がかかってしまったのだとか。
　とはいえ、小一時間で出てこられたのだからツイていたと思う。

そして今日は1ヶ月の留学を終えて帰国するディオくんの見送りに、みんなで校舎前のロータリーに来ていた。
「剣斗、私たちをエレベーターに閉じ込めた人間は、私とは無関係の者たちでした」
　リムジンを待たせて、ディオくんは剣ちゃんのところへやってくると、そう報告する。
「調査したのか？」
「はい。狙いはあなたたちだと思います。剣斗と愛菜は、狙われる理由に心当たりがありますか？」
「ああ、まあな」
　剣ちゃんが『話してもいいか？』と言いたげな顔をしたので、うなずく。
　私の意思を確認した剣ちゃんは、立て続けに起こった事件のことを話した。
「なるほど、日本は平和で安全な国だと聞いてましたが、どこにでも悪い人間はいるのですね」
「まあ、相当レアなケースだけどな」
　苦い顔をして答えた剣ちゃんに、ディオくんが「それにしても」と口を開く。
「そんな危険な状況なのに、なぜもっとセキュリティレベルを上げないのですか。私なら、SPでガチガチに固めるところですよ」
「もちろん親父……警察とも連携は取ってる。けど、こいつも毎日、学園でも家でもSPに囲まれてたら息が詰まるだろ？」

剣ちゃんの決意を宿した瞳が私に向けられる。
「なるべくふだん通りの生活をさせてやりたい。そのために、俺がいる」
　初めて、聞く話だった。
　剣ちゃんは、私が思っている以上に私のために動いてくれてたんだ。
　目を丸くする私と、苦り切った顔をする剣ちゃんを交互(こうご)に見たディオくんは、ニヤリと笑った。
「これも愛ということですね」
　その言葉に剣ちゃんの顔が真っ赤になる。
「てめぇ、調子に乗って勝手なこと言ってんなよ」
　必死な形相の剣ちゃんとは対照的に、ディオくんは澄ました表情で続ける。
「ひとつアドバイスですが、学園内でこんなことが起こるということは、やはり内部に手引きする関係者がいます。もしかしたら身近な人かもしれませんよ」
　身近な人……。
　頭に浮かぶのは、雅くんの顔だった。
「そのあたり、人の動きに注意することですね」
　ディオくんの鋭い指摘に、私は圧倒される。
　さすが王子様というか、ディオくんって単なる女の子好きってことでもないのかも。
　そんなことを考えていたら……。
「王子ーっ」
　深刻(しんこく)な空気を変えるような萌ちゃんの明るい声が、あた

りに響く。
「また日本に来てね?」
　萌ちゃんは瞳をうるうるさせながら、別れを惜しんでいた。
「もちろんです、萌。今度は私の国に招待しますから、遊びに来てくださいね」
　萌ちゃんの手を取って、キスをするディオくん。
　見かねた学くんは萌ちゃんの首根っこをつかむと、後ろにべりっとはがす。
「王子も相変わらずだな……とにかく、気をつけて帰ってくれ。今度来る際はちゃんと日本の文化を予習し、むやみやたらに女子に触れないように」
「ううっ、閣下〜っ。胸キュンの欠片もない助け方!」
「俺に胸キュンを求めるのが、そもそもの間違いだ」
　ばっさりと切り捨てる学くんも相変わらずだ。
　そんな当たり前の光景。
　ディオくんがいることがいつの間にか自然になっていて、だからこうして別れるのはやっぱり悲しかった。
　それは剣ちゃんも同じだったらしい。
「1ヶ月って意外と早いんだな」
「うん、そうだね……」
　私たちはリムジンの前に立つディオくんを寂しい気持ちで見つめる。
「また……また、みんなでくだらない話をして、家のこととか立場とか関係なしに思ったことを言いあって、そんな

時間を過ごそうね。絶対、約束だよ」
　私はディオくんに小指を突きだす。
「これは？」
「指切りっていうの。こうして小指を絡めて約束して、嘘ついたら針千本飲ーます！」
　私は歌いながらディオくんの手を揺らす。
「指切った」
　そうして最後に指をはなすと、ディオくんは自分の小指に視線を落とした。
「なんというか……怖いおまじないですね！　この約束、なんとしても守らなければならない気がしてきます！」
　弾けるように笑うディオくんに、みんなの顔にも笑顔が伝わっていく。
「愛菜」
　ディオくんは私の小指をもう一度つなぎ直して、軽く自分のほうへ引っ張る。
「え？　ディオくん？」
「ますます、愛菜のことを諦められなくなりました。このまま、私と一緒に来ませんか？」
「ええっ」
　いたずらっぽく目を輝かせ、本気とも冗談ともとれる優雅な笑みを浮かべるディオくん。
　パチパチと目を瞬かせていると、お腹に腕が回って後ろに引き寄せられる。
　とんっと背中に当たった感触で、私を抱きしめているの

は剣ちゃんだとわかった。
「行かせるわけねぇだろうが」
「仕方ないですね。では、絶対にまた会いにいきます。覚悟していてくださいね、剣斗」
「返り討ちにしてやっけどな」
　不敵に笑いあうふたりに、なぜか微笑ましい気持ちになったのはきっとみんなも一緒。
　エレベーターに閉じ込められたことがきっかけで、剣ちゃんはディオくんとよきライバルみたいな関係になったみたい。
　私もディオくんがいたからこそ、剣ちゃんとどんな壁も乗り越える覚悟ができた。
　感謝してもしたりない。
　私たちにとって、大事な友だちだ。
　バイバイするのは寂しいけど、絶対また会おうね。
　きっと近いうちに来るだろう再会の日を信じて、私たちは遠ざかるリムジンを見送った。

Episode 16：黒幕の正体

　ディオくんが帰国してから３日後。
　私たちは校外学習で美術館にやってきた。
「俺にはこの壺の価値がわからねぇんだけど」
　剣ちゃんはショーケースを覗き込んで、ムンクの『叫び』のような顔が描かれた壺を見ると興味なさげな顔をする。
「ふふっ、そうかな？　私はかわいいと思うけどな」
　私は笑いながら、剣ちゃんの腕に抱きつく。
　すると剣ちゃんはぎょっとした顔をする。
「は？　これがかわいいって、お前どういう趣味してんだよ」
「前に描いた花の絵でもわかっただろう。森泉の美的センスにはいささか問題がある」
　一緒に回っていた学くんが同じように壺を見て、渋い表情をしていた。
　でも、萌ちゃんだけは味方だった。
「世の中にはキモかわいいってジャンルもあるくらいだし、気持ち悪いも一周回るとかわいい的な？」
「言っている意味が理解できないんだが」
　萌ちゃんと学くんのコントさながらの会話を聞きながら、ここにディオくんがいたらもっと楽しいのに、なんて考えて美術品を見て回っていると……。
　──ジリリリリッ。

館内にけたたましいベルの音が鳴り響き、生徒やほかのお客さんたちも何事かと騒ぎだす。
「美術品を誰かが持ちだそうとしたのか？　念のため、お客様を外に避難させよう」
　学芸員(がくげいいん)たちがそう話しているのを見ていると、ふいに右手に温もりを感じた。
「愛菜」
　手をつないできた剣ちゃんに、私もしっかり握り返す。
「ひとまず、俺たちは教員の指示を仰いだほうがよさそうだな」
　学くんは萌ちゃんの首に腕を回して保護すると、私たちを先導するようにあらかじめ決められていた集合場所に向かう。
　でもその途中、通路の観葉(かんよう)植物の陰から飛び出してきた何者かにいきなり剣ちゃんが殴られた。
「がはっ」
　不意をつかれた剣ちゃんの身体が横に吹き飛び、手が離れてしまう。
「剣ちゃん！」
　私は剣ちゃんに駆け寄ろうとした。
　けれど、それを阻止するように背後から誰かに腕を引っ張られる。
「いやっ」
　その手を振り払うように暴れながら、振り向くと——。
「俺と行こう」

「雅くん!?」
　笑いながら、有無を言わせない目つきで私の腕をつかんでいる雅くんがそこにいた。
　私と剣ちゃんを分断するように、前の前には学園で見かけたことがある生徒たちが立つ。
　ざっと数えて15人くらいだろうか。
　剣ちゃんを殴ったのは、この人たち？
　だとしたらなんで、そんなことを……。
　どうして、雅くんに従ってるの？
「安黒雅、どういうつもりだ。それに協力しているお前たちも、このようなマネをしてただではすまないぞ」
　学くんは倒れ込んだ剣ちゃんの背を支えて、雅くんたちに厳しい目を向けた。
　けれども、雅くんは学くんの存在には気にも留めずに、私を引きずるようにその場を離れようとする。
「クソが……」
　剣ちゃんは切れた口の端を拳でぬぐうと、私に向かって走ってきた。
「愛菜！」
「剣ちゃん！」
　私は手を伸ばすものの、雅くんに従う生徒たちに阻まれて剣ちゃんの姿が見えなくなる。
「必ず迎えにいく、待ってろ！」
　剣ちゃんの声が聞こえて、私も精いっぱい答える。
「うん……うんっ、必ずだよ！」

胸に宿った剣ちゃんの言葉に励まされながら、私は雅くんの背中に声をかける。
「雅くん、こんなことやめて！」
「きみのこと、手に入れるって言ったでしょ。おとなしくしててよ。でないと……」
　雅くんはつかんでいた私の手をさらに強く握った。
「痛っ……」
　骨が折れるんじゃないか。
　肌に食い込んだ爪が刺さってるんじゃないか。
　そう錯覚するほどの痛みだった。
「今ここで、どうにかしちゃうよ？」
　冷たい声に怯みそうになる心を叱咤して、私は痛みをこらえながら訴える。
「こんなことしても、剣ちゃんがすぐに止めるよ。お願い、今からでも……」
「剣斗くんが強いのは知ってるよ。けど、人数には勝てない。あの場で戦えるのは、彼だけだろうから」
　私の言葉をさえぎった雅くんは、こちらを少しも振り返ることなく【世界の装飾品】という案内板が立っている展示コーナーに入っていく。
　先ほどの非常ベルのせいか、あたりに人はひとりもいなかった。
「さあ、この中に入って」
　雅くんに促されたのは、黒薔薇が敷き詰められたショーケース。

人間ひとりなら、余裕で入りそうな大きさだ。
「この薔薇……まさか、私の下駄箱に薔薇を入れたのは雅くんだったの？」
「そうだよ。それからきみを迎えにいくってメールも、金で雇った男たちに何度もきみを狙わせたのも俺」
　悪びれもせずに犯行を自供した雅くんは、少しがっかりしたように肩をすくめる。
「きみなら、もうわかってるものだと思ってたけど……ああ、わかってても信じたくなかった？　きみ、吐き気がするくらいお人好しだからね」
「そんな、なんで……」
　命を狙われることは、これまで数え切れないほどあった。
　怖かったけど、でも同じ学園の生徒が関わっていたということがいちばんつらい。
　ショックで言葉を失っていると、雅くんは意に介していない様子で淡々と説明する。
「理由はふたつ。まず、ひとつ目はきみの父親が学園長になってから、俺の学園生活が急に退屈になったこと」
「私のお父さんが……原因？」
「そう。きみのお父さんが学園に来る前は、政治家の父がバックについていた俺に、みんな服従してくれてた」
　その言葉が私の胸にどんよりとした影を落とす。
　まるで、そうされるのがうれしいみたいな言い方。
　雅くんはなにを考えてるの？
　彼の話を聞くたびに、不安ばかりが募る。

「なのに、きみの父親が余計なことして、平等主義が定着してから、俺の言葉に従わないやつが出てきたりして、腹が立ったよ」

　おもちゃを奪われた子どもみたいな理由に、私の頭は急速に冷えていく。

　これまで感じたことのないような怒りがこみあげてきて、つい拳を握りしめた。

　そんな私に気づいていない雅くんは、身勝手な主張をやめない。
「それだけでも許せないのに、今度は議員になって日本を平和にする気なんだろう？」
「……雅くんは人を思い通りに動かせることが楽しいの？ だったら、私には理解できない」
「勘違いしないでくれるかな？」

　雅くんはスッと表情を消して、私の髪をむんずとつかんだ。
「俺はきみに理解されたいなんて、少しも思ってないんだよ。あと、もうひとつの理由は最近できた」

　人の髪をつかみながら、平然と話ができる雅くんに恐怖心がわく。

　落ち着かなきゃ。
　負けちゃダメだ。
　こんな人を人とも思わない人に、情けない姿を見せたくない。

　震える息を吐きだして心を落ち着けようとしていると、

雅くんはふたつ目の理由を口にした。
「きみだよ、きみを好きになったから」
　雅くんの好きの言葉は、やっぱりどこか薄っぺらい。
　それに、すごくすごく冷たい。
「そんなの、嘘。本当に好きなら、こんなふうに私の意思を無視して、連れ去ろうとしない！」
「それはきみが剣斗くんのことばかりで、俺を受け入れないからだよ」
　声を荒らげる私と、落ち着き払っている雅くん。
　その温度差に、また怒りがわく。
「受け入れられないからって、乱暴に奪うの？」
「そうだよ。だから強行手段を取らせてもらったんだ」
　それのなにが悪いの？と言うように、雅くんはサラリと言ってのける。
「人はおもちゃじゃないんだよ？　学園のみんなだって、私のことだって、雅くんが好きに傷つけていい理由なんてない！」
　頭皮を力まかせに引っ張られる痛みをこらえながら言い返すと、雅くんは興味をなくしたようにぱっと手を離した。
「偽善者らしい意見だね。聞いてて虫唾が走るよ」
　雅くんは私の背をどんっと押す。
「きゃっ」
　私はよろけて、ショーケースの中に倒れ込んだ。
「これ以上、俺の楽しみを奪わせないためにも、きみが二度と俺に反抗したくなくなるようにしつけるためにも……

愛菜さん」
　私を見下ろした雅くんは、にっこりと笑う。
「ここで少し、俺と遊ぼう」
　笑ったり怒ったり、一瞬で感情が反転する雅くんに恐怖心が増していく。
　それでも、私は雅くんを真っ向から見つめて叫ぶ。
「そんな理由で私を狙ったの？　信じられない！」
　そのために、何度剣ちゃんが傷ついたか。
　お父さんとお母さんをどれだけ不安にさせたか。
　雅くんは、なにもわかってない。
　親友たちにも心配をかけたし、ディオくんだって巻き込まれた。
　悔しくて、胸が痛くて、許せなくなる。
「きみにとっては"そんな理由"でも、俺にとっては重要なことだよ」
　雅くんはショーケースの中に私の全身を無理やり押し込んで、扉を閉める。
　それから鍵を閉めて、ホースのようなものを持ってくると上の丸い穴に差し込んだ。
　雅くんは、なにをする気なの？
　恐怖で冷たくなる指先をぎゅっと握る。
　でも、不安が消えることはなかった。
　そばに剣ちゃんがいてくれたら……。
　こんな状況でも、強気でいられたのに。
　心の中で大好きな人を思い浮かべて涙が出そうになって

いると、雅くんはどこかに電話をかけ始めた。
「あぁ、森泉先生ですか」
　——お父さん!?
　雅くんはわざわざビデオ通話にして、ニヤリと笑いながら私の姿を映す。
　すると、雅くんのスマホの画面に映るお父さんの顔が青ざめるのがわかった。
「愛菜！　きみは安黒先生の息子さんか。これはどういうつもりだ！」
「取引をしましょう。大事な娘さんを無事に返す代わりに、議員を辞職していただきたい」
「こんなことをして、ただではすまないぞ」
　最初は取り乱していたお父さんだけれど、すぐに冷静さを取り戻したのが声のトーンで感じ取れた。
　でも、私にはわかる。
　お父さん、すごく私のことを心配してる。
　怖いんだ、私がいなくなるんじゃないかって。
　それに気づいているのか、いないのか。
　雅くんは、ふふっと肩を震わせて笑いだす。
　異様で危うい空気をまとった雅くんが恐ろしくてたまらない。
「森泉先生、俺の代わりに主犯として出頭してくれる人間は腐るほどいるんですよ」
「自分の罪を誰かに肩代わりさせる気か？　もしくはお父さんの権力を使って、もみ消すつもりだね」

雅くんはその問いに答える気はないらしく、私のいるショーケースに差し込まれたホースを指で撫でる。
「俺は気が短いんです。早く答えをくれなければ……」
　言葉を切った雅くんが、ためらうことなくホースの根元にある蛇口(じゃぐち)をひねった。
　ショーケースの中に勢いよく水が注がれて、サーッと全身の血の気が引いていく。
　嘘でしょう？
　雅くんは、私をこのまま溺れさせようとしてるの？
　どうしよう。
　このままじゃ窒息するかもしれない。
　でも……。
「お父さん、屈しちゃダメ！」
　気づいたら叫んでいた。
「私は大丈夫。きっと剣ちゃんが来てくれるから、だから負けないで！」
　その私の態度が気に入らなかったのか、雅くんはピクリと眉を動かした。
「森泉先生、3分後にかけ直します。それまでに決めておいてくださいね」
　ブチッと一方的に通話を切ると、雅くんは忌々しそうに私を見た。
「この状況で、まだそれだけの虚勢(きょせい)を張れるとはね。でも、あまり余計な口を挟まないでくれる？」
　雅くんが罰(ばつ)とばかりに水の勢いを強める。

怖いけど、でも信じてる。
　祈るように両手を握りしめて、私は私にとっての希望を頭に思い浮かべた。
　剣ちゃん——。

Episode17：必ず見つけ出す【side剣斗】

 愛菜が連れ去られたあと、俺は無力感にさいなまれて壁を思いっきり殴っていた。
「クソッ、目の前で……っ、愛菜を……！」
 愛菜を奪われた。俺がそばにいたのに！
 あいつが異常に愛菜に執着してたのは、わかってただろうが！
 ディオも警戒してたし、雅が黒なのはわかってた。
 けど、予想以上に学園内に協力者がいたな。
 最近までディオがいたから、学園のセキュリティも厳しかった。
 だから、しばらく雅も静かにしてたってわけか。
「ちっ、油断した」
 学園の外の警備なんて、たかが知れてるってのに。
 感情を抑えきれないでいる俺の肩に、学が手を乗せる。
「落ち着け、公共の物を破壊する気か？」
「わりぃ。学、お前は萌を連れて逃げろ」
 取り乱した自分が情けなくて、俺は赤くなった拳を隠すように下ろす。
「矢神、お前はどうするつもりだ。勝算はあるのか？」
「一応な。外に出たら警察を呼んでくれ。俺はこいつらを片づけて、すぐに愛菜のところに向かう」
 愛菜への道をふさぐ男子生徒たちをにらみながら言え

ば、萌が心配そうに声をかけてくる。
「無事でいてね、ケンケン。それから愛ぴょんのこと、お願いね」
「あぁ、ぜってぇ奪い返すから待っとけ」
　その言葉を信じてくれたんだろう。
　萌と学はその場を離れていく。
　館内に残った俺は生徒たちの顔を見回して、宣言した。
「てめぇら全員、俺にケンカふっかけてきやがったこと、後悔させてやるからな！」
　声を張り上げながら、俺は拳を突きだして男子生徒のひとりに殴りかかる。
「ぐはっ、いきなりは卑怯（ひきょう）……」
「いきなり殴りかかってきたのは、てめぇらのほうだろうが。落とし前、きっちり自分でつけやがれ」
　ぐったりと地面に突っ伏す男子生徒を見たほかの仲間たちは、今度はいっせいに襲いかかってきた。
　でも俺はその場でしゃがみ込んで、連中の足を払うと倒れたやつらの胸倉をつかんで投げ飛ばす。
「鍛（きた）え方が違うんだよ！　お前らと遊ぶ気はねぇからな。俺にはすぐに迎えにいってやりたいやつがいんだよ」
　俺はざっと15人ほどいた男子生徒を全員倒すと、雅と愛菜が歩いて行ったほうへ足を向ける。
「このへんでいいか」
　ほかにも仲間がいることを考えて柱の陰に隠れると、俺は確実に愛菜を守るために親父に電話をかける。

「……親父か？　時間がねぇから手短に話す。愛菜が安黒の息子にさらわれた」
『あぁ、警察に通報があった。こちらも大体の事情は把握している。極秘に対策チームが立ち上がった』
　通報をしたのは、おそらく学だろう。
　つーことは、あいつらは無事に脱出できたんだな。
　それにほっとしつつ、俺は言葉を続ける。
「雅のことだ。警察を呼んでも自分が罪から逃れるために別の人間を出頭させる手はずなんだろ」
　でなきゃ、ここまで大胆に動けるはずがない。
『そこまでわかっているなら、なにか考えがあるんだな？』
「あぁ。この通話、切らずに雅んところに乗り込む」
『……なるほど、証拠を残すってわけだな。さすがは俺の息子だ。腕っぷしが強いだけじゃなく、頭もよく回る』
　すべてを言わずとも、俺のしようとしていることを察した親父は電話越しに小さく笑った。
『お前が俺を頼るということは、愛菜さんがお前にとって大切な女性になったということか』
「おい、こんなときにする話じゃねぇだろ」
　なに考えてんだよ。
　電話を切りたくなっていると、スマホからまた親父の声が聞こえてくる。
『図星か。どうやら守りたいものができて、強さの本当の意味がわかったようだな』
　……親父、よく『どんな悪人にだって、一方的に振るっ

ていい暴力はない。本当に手を出さなければ、守れないときにだけ使うものだ』って言ってたよな。
『今までのお前なら、誰かのために力を振るうことはなかっただろう』
「そうかもな。俺にとって強さは、憂さ晴らしの手段でしかなかった」
　でも、今は違う。
　一方的に暴力を振るえば悲しむ人がいる。
　そして、手を出さなければ守れないときっていうのは、きっと今だ。
『愛菜さんを守らせたのは正解だったな』
「親父、まさか俺にそれを教えるために愛菜のボディーガードをやらせたのか？」
　そんな考えが頭に浮かんで尋ねると、親父は質問の答えではなく別の言葉を返してくる。
『剣斗、命の危険があるときにこそ、冷静になれ。お前ならできる』
　親父なりのエールだろう。
　俺はむずがゆくなって、尊大な態度をとる。
「わざわざ言われるまでもねぇ」
　そこで自然と会話が途切れ、俺はスマホを胸ポケットにしまうと駆けだす。
　愛菜、待ってろ。
　これから先も、お前が平穏に暮らせるように。
　俺がどんなしがらみからも、解放してやるから——。

Episode 18：信じあう心

　約束の３分が経過した。
　水かさはすでに胸もとまで達していて、６月とはいえ身体も冷え切っている。
　私、このまま息ができずに死んじゃうのかな。
　せっかく剣ちゃんと出会えたのに。
　これからたくさん、同じ時を刻んでいけると思ってた。
　もっと、ずっと一緒にいたい。
　なのに、さよならしないといけないの？
　手足がかじかんで震えが止まらず、心も自然と凍りつきそうになっていた。
　もうダメかもしれない。
　そんな考えが頭をよぎったとき──。
「愛菜！」
　聞き覚えのある声。
　すぐに誰なのかわかった私は、展示コーナーの入り口を見て涙をこぼす。
「来てくれるって信じてたよ！　剣ちゃん！」
　助けに来てくれた剣ちゃんは、ショーケースに入れられた私に気づくと勢いよく雅くんに殴りかかった。
「ムダだよ、俺にはまだ手駒が……」
「外にいた連中なら、全員ぶっつぶしたっつーの！」
　容赦なく突き出された剣ちゃんの拳は、雅くんの頬に思

いっきり食い込んだ。
　そのまま後ろに吹っ飛ぶ雅くんを冷ややかな目で見下ろしたあと、剣ちゃんは私のところに走ってくる。
「あいつ、イカれた趣味してやがんな」
　剣ちゃんはホースを引き抜いて、私と目線を合わせるように腰をかがめるとショーケースに手をつく。
「大丈夫だ。すぐ出してやるから」
「うん……ありがとう。鍵は雅くんが持ってる」
　剣ちゃんはさっき殴り飛ばした雅くんに視線を移す。
「それは俺が用意した特殊なショーケースだから、この鍵でしか開かないよ」
　雅くんはこの状況を楽しんでいるのか、ショーケースの鍵をちらつかせて笑っていた。
「てめぇ、なんのためにこんなことをしやがった？　ずいぶん大がかりだな」
「そんな噛みつきそうな顔で見ないでよ。刺激的でしょ、こんなハラハラな舞台」
　不謹慎にもほどがある。
　当然、剣ちゃんは「刺激的だと？」と眉を寄せた。
「お前が楽しむためだけに愛菜をさらったってわけか。てめぇ、愛菜が好きだったんじゃなかったのかよ」
「立派な動機だろ？　それにしても、きみって警視総監の息子だったんだね」
「だったらなんだ」
「きみが来たところで、俺は止められないよ。誰であろうと、

俺を捕まえることなんて……」
　できない、と雅くんはそう言いたいんだと思う。
　でも、剣ちゃんは挑戦的な目でハッと笑う。
「それなら、親父が摘発する。今の会話は俺のスマホを通して、親父やほかの刑事にも伝わってんだよ」
　剣ちゃんはスマホの通話画面を雅くんに見せる。
　そこには剣ちゃんのお父さんの名前と通話中の文字。
　自分の状況をすぐに理解した雅くんは、たじろいで後ずさった。
「なっ……」
「お前、ぺらぺらしゃべりすぎなんだよ。ま、おかげで俺はお前を刑務所に入れられてせいせいするけどな」
　剣ちゃんは雅くんのところへ歩いていくと、その胸倉をつかんでゴツンッと頭突きをする。
「次、愛菜に近づいたら、俺はどうするっつった？」
「俺をつぶすんだっけ？　どうぞ、できるならしなよ」
「お前、全然反省してねぇみたいだな。刑務所じゃなくて、墓に入りてぇのか？」
　まるで悪党のようなセリフを吐いた剣ちゃんは、靴ひもを解くと雅くんの手足を縛る。
　このまま雅くんが捕まって、それで終わりで本当にいいのかな？
　私はスッキリしない胸の内を吐き出すように、なにもかも諦めたようなうつろな表情で床に転がっている雅くんに話しかける。

「雅くんが人生をつまらないと思うのは、雅くんが自分の意思で生きてないからじゃないかな」

雅くんはなにも言わなかったけれど、チラリと私に視線を投げる。

それに少し緊張しながらも、私は言葉を重ねる。

「お父さんが敷いてくれたレールの上を歩いていたから、なにかに悩んだり、困難にぶち当たったり……そういう刺激がなかったんだよ」

なにかに挑戦したり、挫折したり。

落ち込んで、葛藤する。

そんな経験が人には必要なのかもしれない。

「きっと、すべてがうまくいきすぎてたんだね」

私が雅くんを変えられるとは思ってない。

だけど、道を踏み外す前に雅くんを引き留めるきっかけになったらいい。

そんな願いを込めて伝えると、それまで黙っていた剣ちゃんが考え込むように目を伏せる。

「与えられすぎるのも、よくねぇってことか。雅、お前はなんでも持ってるようで、なにも持ってないんだな」

「なんだと……？　俺はなんでも持ってる！　手に入れすぎたから、つまらないんだよ！」

雅くんが激高したとき、手下の生徒たちがぞろぞろと展示コーナーに入ってきた。

「きみたち、来るのが遅いよ！」

彼らに向かって、雅くんは怒鳴る。

余裕がない感じで手下たちをにらみつけたあと、当然とばかりに雅くんが口にした言葉は耳を疑うものだった。
「……まあいいや。今回のことだけど、大金を払うからきみたちがやったってことにできるよね?」
　え……?
　少しもためらうことなく罪をかぶれと言う雅くんに、手下たちは私以上にとまどっている様子だった。
「それって、どういう意味だよ」
　手下のひとりが聞き返すと、雅くんは鬱陶しそうにため息をついた。
「頭が悪いね。警察に捕まるってことでしょ。すぐに保釈金払って出してあげるから」
「は!?　冗談じゃねぇ!」
「誰に口聞いてるのかな?　俺は安黒の……」
「うるさい!　もう、お前のやってることには付き合いきれねぇんだよ!」
　雅くんの横暴ぶりに嫌気が差したらしい生徒たちが、いっせいに逃げていく。
　仲間に置き去りにされた雅くんを見つめていたら、胸がチクチクと痛みだした。
「雅くんはお金よりも地位よりも、もっと大事なものを持ってないんだよ」
「なに、それ……」
　雅くんの瞳が揺れている。
　それが彼の心を映しだしているように思えた私は、今な

ら伝わるかもしれないと訴えかける。
「雅くん自身を見てくれる友だち、雅くん自身の夢だよ。雅くんが心からそれが欲しいって思えたとき、きっとつまらなかった日常が楽しくて刺激的になると思う」
「そんなもので、満たされるわけ……」
「満たされるよ」
　断言すると、雅くんも剣ちゃんも息を飲んで私に見入っていた。
「だから、もう自分のために生きて」
　今の言葉で、雅くんの心を動かせたかどうかは私にもわからない。
　でも、雅くんはうつむいて身体を震わせると長く息を吐き出す。
「……あーあ、もう飽きちゃった。はいこれ、鍵」
　雅くんがそばに立っていた剣ちゃんに鍵を差しだすのを見て、私は驚く。
「いいの？」
「飽きたって言ったでしょ。仕方ないから、刑務所の中ででも、きみの言葉の意味を考えてみるよ」
「雅くん……うん、今はそれだけで十分だよ」
　熱くなる胸を手で押さえて笑顔を返すと、雅くんは少しだけ寂しそうに微笑む。
「本当にお人好しだね。でも……そんなきみの言葉だから、俺は耳をかたむけようと思えたんだろうね」
　雅くんが笑った。

それは少し切なさを宿していたけれど、初めて見た雅くんの素の笑顔だった。
「雅くん……」
「バイバイ、好きだったよ」
　切なげな告白に、一瞬、胸が締めつけられる。
　私は深呼吸をしてから、雅くんに向かって首を横に振った。
「またね、だよ。何度間違いを犯したって、何度だって人はやり直せるんだから」
「きみは……」
　雅くんは目を見張って、私の顔をまじまじと見つめると、今度はふっとうれしそうに笑う。
「不思議な女の子だね。俺の周りにいたファンの子たちのなかには、いないタイプだ」
　この笑顔が見られてよかった。
　心からそう思っていると、雅くんから鍵を受け取った剣ちゃんが私のところに戻ってきた。
　剣ちゃんはショーケースの鍵を使って、扉を開く。
「愛菜っ」
　水の中から私を引き上げた剣ちゃんは、強く強く抱きしめてくれた。
「来てくれるって信じてた！」
　自分からも剣ちゃんの首に腕を回して、ヒシッとしがみつく。
「当たり前だろ、守るって約束したからな」

「うんっ」
　大好きな人の温もりを感じていると、濡れて頬に貼りついた髪を剣ちゃんが耳にかけてくれた。
「どこもケガしてないな？」
「うん、剣ちゃんのおかげで無傷です」
　ふたりで微笑みあい、私は少しだけ身体を離して改めてお礼を言う。
「本当に本当にありがとう。こうしてまた、剣ちゃんに抱きしめてもらえてうれしい」
「俺もだ。愛菜を取り戻せて、もう一度抱きしめてやれる。たったそれだけのことが、すげぇうれしいんだよ」
　剣ちゃんは濡れて冷え切った私の身体を温めるように抱きしめると……。
「無事でいてくれて、ありがとな」
　触れるだけのキスをくれた。

epilogue

剣ちゃんに助け出されたあと、私たちは警察署で事情聴取をされ、夜になって屋敷に帰ってきた。
　あれから雅くんは捕まったものの、剣ちゃんのお父さんいわくすぐに保釈されるだろうとのことだった。
　お父さん宛の脅迫状のこともあるし、あれだけの大がかりな事件だ。
　警察は高校生ひとりの考えで実現するのは難しいだろうという見解で、疑惑は雅くんのお父さんにまで及ぶだろうと、剣ちゃんのお父さんは話していた。
　それから、警察署でお父さんとお母さんにも会った。
　電話越しでは強がっていたお父さんも、私を目にしたとたんに号泣して、お母さんがなだめてたっけ。
　ずいぶんと心配かけちゃったな。
　こうして、黒幕が捕まったこともあり、私は本邸に戻ることになったのだけれど……。
　お父さんとお母さんに、もう1日だけあの別荘で剣ちゃんと過ごしたいってお願いしたら……。
『1日とは言わず、好きなだけ剣斗くんと過ごしていいのよ?』
『うちに婿入りする日も近いな。いや、嫁に行くのか? お父さんとしては複雑だけど、剣斗くんなら安心だな』
　なんて、むしろふたりとも乗り気だった。
「ふふっ」
　そのときのことを思い出して笑っていると、剣ちゃんにお姫様抱っこされて運ばれる。

「なに笑ってんだよ。つか、このままだと床が濡れるし、抱えてくからな」
「はーい」
　警察署でもタオルで髪や身体をふいたのだけれど、さすがに着替えはなかったので、私の服は濡れたままだった。
　剣ちゃんの腕の中でじっとしていると、なぜか私の部屋の前を通りすぎる。
「あれ？」
　呆然と自分の部屋を見つめているうちに、私は剣ちゃんが泊まっている部屋に連れていかれた。
「剣ちゃん。私、着替えたいんだけど……」
　そう言いかけたとき、背後で扉が閉まるより先に剣ちゃんに強く抱きしめられる。
「あー、やっと取り返せた気がする」
「ふふっ、私にくっついてると濡れちゃうよ？」
　そうは言いながらも、私も剣ちゃんの首に力いっぱいしがみついた。
「そんなこと、どうでもいい」
　私の髪に顔を埋めた剣ちゃんは、鼻をすんと鳴らす。
「愛菜の匂い、ほっとする」
　どれだけ心配をかけてしまったのかが伝わってきて、私は剣ちゃんの頭をよしよしと撫でた。
　しばらくされるがままになっていた剣ちゃんがぽつりとつぶやく。
「俺さ、決めたわ」

「なにを？」
「お前を守るために、これから真面目（まじめ）に生きる。将来どうするかとか、そんなん今はどうでもいい。ただ、お前の隣にいられる道を探したい」

　大事にされてるのはわかってた。

　けど、剣ちゃんがそこまで私を想ってくれてたことに、じんときてしまう。
「うんっ、うれしい。私も……剣ちゃんとふたりで、ずっと笑っていられる道を探すね」

　ぎゅっと剣ちゃんの胸に顔を埋めると、フレグランスとは違う優しい匂いがする。

　剣ちゃんは私を抱き上げたままベッドに近づくと、優しくマットレスの上に下ろした。
「剣ちゃん？　シーツが濡れちゃうと思うんだけど」
「こんなときにシーツの心配かよ。別に、これから熱くなるんだから、よくね？」

　えっと、それってつまり？

　さすがになんのことか気づいた私が顔を真っ赤にしている間に、剣ちゃんがおおいかぶさってきた。
「汗だろうが、水だろうが一緒だろ」
「へ、変態（へんたい）！」

　両手で顔をおおいながら抗議すると、剣ちゃんの低い声が飛んでくる。
「おいこら、彼氏に向かって変態とはなんだ」

　強引に手首をつかまれて顔から外された手は、頭の上で

まとめるようにシーツに縫いとめられる。
　それから、長い時間見つめあった気がする。
　やがて、剣ちゃんの顔が近づいてきた。
　胸が騒ぎだし、そっと目を閉じると──。
「んっ」
　吐息ごと奪うようなキスをされた。
　苦しい、でも……大好き。
　よくわからない感情が私の中で暴れまわってる。
「アップアップしてんな。息しろって言っただろ」
　剣ちゃんは息も絶え絶えになっている私にそう言うと、喉をぺろりとなめてくる。
「ひゃっ、くすぐったい！」
「もう無理。今日は死ぬ気でがんばったんだぞ、俺。お前には全力で俺を癒す義務がある」
「癒すなら、別の方法で……あっ」
　抗議している途中で首筋に軽く歯を立てられた私は、びくっと震えてしまった。
　そんな私の反応に、剣ちゃんはニヤッと笑う。
「俺、お前のそういう困って赤くなった顔も好きかも」
「意地悪にもほどがあるよ！」
　たいして効果はないと思うけれど、私は頬をふくらませて文句をぶつける。
「私ばっかり、慌ててる。なんかずるい」
「は？　それ、本気で思ってんのか？」
　剣ちゃんは呆れた顔で、上着をベッドの下に脱ぎ捨てる

と私の手を自分の胸に持っていく。
　触れた肌が熱い。
　手のひらから、鼓動の速さが伝わってくる。
「あ……剣ちゃんもドキドキしてる？」
「これでわかったか？　お前に触れてて、平然としてられるほど、ジェントルマンじゃねぇんだよ」
　ふっと優しく笑った剣ちゃんは、私の手を自分の唇に近づけていくと指先にキスをする。
「好きな女に触れてんだから、俺だって冷静じゃいられねぇっての」
「私も……だよ。心臓が好きだって騒いで止まらなくなるの、剣ちゃんにだけ」
　どうしようもないほどあふれてくる想いをぶつけると、剣ちゃんは一瞬苦しげに眉を寄せる。
「今の言葉、すげぇ破壊力。録音（ろくおん）しときゃよかったな」
「その発想、すごく危ない気がする」
「お前にだけ、俺はやばいやつになるらしい。せいぜい、気をつけろ」
　意地悪く笑う剣ちゃんに、心臓が強く脈打ち始める。
　ううっ、今の笑顔かっこよかったな。
　ひとりで悶えていると、剣ちゃんが顔を近づけてくる。
「愛菜、目ぇ閉じろ」
「はい……」
　観念（かんねん）して瞼を閉じると、吐息が唇を撫で、剣ちゃんがそっとキスをしてきた。

優しくて、強引で、時々意地悪。
　矛盾(むじゅん)だらけの剣ちゃんのキスに、翻弄されてばかりの私だけれど……。
　この先、なにがあっても守ってくれる。
　そんな揺るがない信頼を向けられる相手は剣ちゃんだけ。
「愛菜」
　真っ暗な視界の中で、剣ちゃんの囁きが耳をくすぐる。
「これからも一生、俺に守られてな」
　優しい命令。
　それは世界でいちばん、私を幸せにできる魔法(まほう)の言葉だった。

　　　　　　　　　　　　　　　　END

＊文庫限定特別番外編＊

Afterstory:彼女がかわいすぎる件について【side剣斗】

　愛菜と付き合うようになって、初めての夏休み。
　俺は愛菜や学、萌と一緒にビーチに来ていた。
「やっぱ海だよねーっ」
　夏の日差しが容赦なく照りつける砂浜に、暑苦しい萌の声が響く。
「どうしてわざわざ、一般客のいるここを選んだ？　プライベートビーチがあるだろう」
　人混みが苦手な学は、持っていたパラソルを傘のようにさしながらげんなりした顔をしていた。
　そんなふたりの様子を、水着姿の愛菜は微笑ましく眺めている。
　こいつのこういう優しい顔とか、のほほんとしてるとことか、すげぇ癒されんだよな。
　そんなことを考えている間にも、萌の暑苦しさは増していく。
「そんなの決まってるよ！　にぎやかなほうが盛り上がるからだよ！」
「……はぁ」
　学はため息をつくとさっさとパラソルを立ててレジャーシートを敷き、サマーベッドで寝そべった。
「萌、これから貝殻拾ってくるね！」
　じゃ！と手を挙げて走り去っていく萌の背を見送りなが

ら、俺と学の声が重なる。
「まるでガキだな」
「まるで子どもだな」
　俺は学と視線を交わすと、同時に手のかかる子どもをもった親のような気分で互いをねぎらった。
「もう、ふたりとも暗いよ？　せっかく来たんだし、海にでも入ろうよ」
　愛菜はお嬢様だが、意外にもアクティブだ。
　それは、これまでの行動力を見ててもわかる。
　でも、海に誘われた学は身体を起こす気はないらしく、『俺は参加しない』オーラを出しながら目を閉じてしまう。
「俺は遠慮する」
「ええっ、じゃあ……」
　すがるように見上げてきた愛菜に、俺はぐっと息を飲んだ。
　やっぱかわいいよな、こいつ。
　そんなふうに男を見上げる術をどこで身につけてきやがった？
　今ここでキスしてぇ。
　わき上がる衝動と心の中で苦闘していると、愛菜が小動物のように首をかしげる。
「わかったわかった。一緒に行けばいいんだろ」
　俺だって人混みは好きじゃない。
　うじゃうじゃ人がいるところに好んで行く義理もない。
　ただ、こいつが望んでるなら別だ。

俺は、すっかり尻に敷かれている自分が無性に恥ずかしくなって、海のほうへと歩きだす。
　当然、愛菜がついてきているものだと思った。
「で、お前泳げんのか……よ？」
　振り返った先に愛菜の姿はなかった。
　まさか、誰かにまたさらわれたのか!?
　慌てて来た道を引き返すと、愛菜の姿はすぐに見つかったのだが……。
「なあ、ひとりなら俺らと飲もうよ」
　大学生らしき男たちに囲まれている。
　おいおい、パーティーだけじゃなくここでもかよ。
　油断も隙もねぇな。
「離してください！」
　俺は腕を取られている愛菜のもとへ駆け寄る。
「かわいいのはわかるが、勝手に触るんじゃねぇ」
　俺は男の手を軽くひねりあげて外すと、愛菜の腰を引き寄せる。
「んだよ、お前は」
　そう言った男たちに俺が連れであることを説明しようとしたとき、なぜか愛菜が口を開く。
「この人……剣ちゃんは私の大好きな彼氏なんです。だから、あなた方とは一緒には行けないんです！」
　助けを求めるように俺に抱きつく愛菜に、一同目が点になる。
　なんというか……。

無垢な愛菜に、そこにいる全員の邪な感情が吹っ飛んだって感じだ。
「そうかそうか」
「それなら仕方ないね」
「しつこくしてごめんねー」
　男たちは口々にそう言って、綺麗なものでも目の当たりにしたみたいな、ほんわかした顔で去っていく。
「あれ？　さっきまで全然離してくれなかったのに……。さっすが、剣ちゃんが来てくれたおかげだね！」
　いや、それは違うだろ。
　お前だよ、お前。
　その『天然』って必殺技の効果だっつーの。
「お前ってさ、なんか人の心を浄化する力でも持ってるんじゃねぇの？」
「ん？」
　意味がわかっていない様子の愛菜に、危機感が押し寄せてくる。
　この天然で無自覚な俺の彼女は、面倒なことに本人の意思に関係なく人を惹きつける力がある。
　俺からしたら、気が気じゃない。
「いいか？　ぜってぇに俺から離れるなよ？」
　今度は愛菜の手をしっかり握って、俺は海まで引っ張っていく。
「えへへっ」
　手をつなげてうれしいのか、愛菜は笑っていた。

あぁ、なんなんだ。
　かわいすぎて、今すぐ触れたくなってくる。
　俺は愛菜を海の中まで連れてくると、見えないことをいいことに目の前の細い腰を引き寄せた。
「剣ちゃん？　さすがにこのあたりじゃ沈まないと思うよ？　まだ、足がつくもん」
　愛菜は俺が溺れないように、支えてくれたと勘違いしてるんだろう。
　さすがに良心（りょうしん）が痛む。
　俺が……ただ優しくしたくて抱き寄せたわけじゃないって知ったら、どう思うんだろうな。
　言って困らせてやりたい気持ちと、幻滅（げんめつ）されたくない怖さとが胸の中に同居している。
「お前……ほんと、だまされやすいよな」
　さっきだって、ビーチで男の視線を集めてたのにまったく気づいてなかったし。
　俺の気の休まる暇がねぇ。
「よくわからないけど、剣ちゃんが守ってくれるから平気。だって、私のナイトだもんね」
「……俺頼りかよ」
　絶対の信頼を寄せてくれるこいつは、打算（ださん）とか損得勘定とか、そういったものとは無縁（むえん）の人間だ。
　きっと、今の言葉もまるっきり本心だろう。
　疑い深くて、へそ曲がりな自分とは正反対だからこそ、俺はこいつに惹かれるのかもしれねぇな。

「愛菜、顔上げろ」
「うん」
　素直に上を向く愛菜に、俺は口づける。
　海の中にいるからか、触れあった唇は少し冷たくて、ちょっとしょっぱかった。

　今日は泊まりの予定で来ていた俺たちは、学の手配したホテルにやってきた。
　さすがは金持ちが利用するラグジュアリーホテルという感じで、部屋にはジャグジーつきの露天風呂まである。
　萌の計らいで、ありがたいことに俺と愛菜は同室だ。
　学はというと、人と一緒に寝られないほど神経質らしく、断固としてひとり部屋を希望した。
　そうなると、萌も必然的にひとりになるわけだが……。
　あいつ、萌が『寂しいよーっ』とわめくもんだから、学は渋々夜の10時まで部屋の出入りを許可していた。
　学は引率の教師みたいだよな……って、そんなことは今はどうでもいい。
　そもそも、ふたりきりではないとはいえ、泊まりを快く許してくれた愛菜の両親には、時々とまどう。
　いいのか？
　かわいいひとり娘を男と同じ部屋で一晩過ごさせて。
　ま、その事実は知らないけども。
　その可能性があることは、誰だって考えつく。
　これまでもほぼ同居みたいな状況だったし、今さら感も

あるが、今日はあからさますぎるだろ。
「それだけ信頼されてるってことか？」
　そうだとしたら、逆にプレッシャーだ。
　下手に手出しできねぇし、モヤモヤする。
　もしや、これは新手の試練か？
　森泉家に忍耐力を試されてんのか？
「……どんな一家だよ。恐るべし、森泉家」
　一家揃って、俺を手玉に取りやがって。
　悩むだけで疲れた俺は、独り言をため息で終わらせると、窓の外に広がる夜の海を眺めていた愛菜に声をかける。
「ほら、さっさと風呂に入ってこい。海ん中入って、ベタベタになったろ？」
　タオルと浴衣を愛菜に向かって投げる。
　それをうまくキャッチできなかった愛菜は顔面で受け止めた。
「ふがっ」
　ほんと、どんくせぇな。
　俺は愛菜のところまで歩いていき、頭にかぶったタオルやら浴衣やらを取ってやる。
「ふふっ、なんか面白かったね」
　なにがそんなに楽しかったのかは謎だが。
　なんだよ、その顔……。
　不意打ちで笑いかけてくるとか、反則だろ。
　俺は悶えながらも、愛菜の肩をつかんでくるりと露天風呂のほうへ向けた。

「ほら、行ってこい」
「はーい」
　かわいく返事をして、愛菜は露天風呂に入っていく。
　待っているのが落ち着かなかった俺は、もうひとつ部屋についていたシャワールームで汗を流した。

　タオルで頭をふきながら寝室に戻ってくると、愛菜がベッドですやすやと眠っていた。
　そばに行って髪に触ると、半乾きで俺はため息をつく。
「こいつの髪、長いからな。ちゃんと乾かしきれなかったのか？」
　俺は眠る愛菜の横に座り、頭を撫でてやる。
　すると、身じろぎをした愛菜の長いまつげが震えた。
「んっ……」
「あ、起こしたか？」
　俺の声が引き金になったのか、愛菜が瞼を上げる。
　けれども、まだ眠そうに目をこすっていた。
「剣ちゃん……ごめんね」
「なにが？」
「剣ちゃんがお風呂から出てくるの待ってようと思ったんだけど、横になったら寝ちゃってた……みたい」
　さんざん遊んで、疲れたんだろ。
　俺は愛菜の前髪を持ち上げて、形のいい額に軽くキスをする。
「別に、そのまま寝てていい」

「でも……それだと、今日が終わっちゃうから……」
「なんだよ、その小学生みたいな考えは」
「んー……だって、もっと剣ちゃんと話したい」
　そのまっすぐすぎる想いが俺の理性を揺さぶる。
「じゃあ、俺のためにもう少し起きてられるか？」
「ん、がんばる」
　うなずいた愛菜に、俺はおおいかぶさった。
　それから瞼、鎖骨、顎に口づけて、今度は唇を奪う。
　すると、愛菜はふわっと幸せそうに笑った。
「……っ、寝ぼけてんのか？」
　いつも以上にふわふわしている愛菜に抑えがきかなくなった俺は、キスの雨を降らせた。
「大好き……剣ちゃん」
　愛菜は俺に腕を伸ばすと、その小さな手で頬を包み込んでくる。
「愛菜？」
　なにする気だ？
　俺が気を取られていると、そのまま引き寄せられて愛菜から唇を重ねてきた。
　不意打ちのキスに、俺の心臓は大きく跳ねる。
「へへ……してみたかったんだ。いつもは、剣ちゃんからだったから」
「やっぱお前、寝ぼけてんだろ」
　照れ隠しにそう言って、俺は仕返しとばかりに愛菜の耳たぶを甘噛みする。

「また、時々でいいから……。愛菜からのキス、俺にくれよ?」
　その耳もとに囁けば、愛菜は顔を真っ赤にした。
　それすらも愛しい。
「返事はどうした?」
「は……い」
　甘くかすれた声がたまらなくて、俺は愛菜の吐息ごと食らうように唇を奪う。
　その心が俺でいっぱいになればいい。
　俺のことしか考えられなくしてやりたい。
「好きだ」
　好きすぎて、愛しすぎて胸が苦しい。
　そんな感情を教えてくれた最愛の彼女に、俺は想いをぶつけるように激しいキスを贈った。

　翌朝、朝日が昇るのと同時に目が覚めた。
　愛菜が隣にいて爆睡できるわけもなく、うつらうつらと一緒にいられる幸せを噛みしめながら一晩を過ごした。
　俺はまだ夢の世界にいる愛菜の寝顔を、ベッドに頰づえをついて眺める。
　早く、こいつの『おはよう』が聞きてぇな。
　目覚めを心待ちにしていると願いが通じたのか、愛菜の長いまつ毛がかわいらしくふるふると震えた。
「ん……?」
　ゆっくりと目を開けた愛菜はぼんやりとしたまま、俺を

見て不思議そうにしている。
　それから目の前にいるのが俺だとわかったとたん、ふにゃっと笑った。
「おは……よう、剣ちゃん」
「……っ、この笑顔だけは誰にも見せられねぇな」
　世界中の男が一瞬で悩殺される。
　俺は寝癖がついている愛菜の髪を撫でて、そっとその小さな身体を胸に引き寄せる。
　俺の彼女はかわいすぎる。
　この腕にずっと閉じ込めておきたいと思うほどに。
「剣ちゃん……。これだとほっとして、また寝ちゃいそうかも……」
　俺といると、ほっとするのか。
　そうか……。
　思わずゆるんでしまう頬を慌てて引き締める。
　クソッ、気持ち悪いほど浮かれちまう。
「別にまだ朝早いし、寝ていい」
「でも、剣ちゃんが……暇じゃない？」
「お前の寝顔、眺めてるから気にすんな。これが意外と飽きねぇんだよ」
　愛菜の背をあやすように、トントンと軽く叩いてやる。
　あんなに愛菜に起きてほしかったくせに、俺はなにしてんだか。
　結局のところ、起きていようが寝ていようが、俺はどんな愛菜も好きってことだな。

「そっか……よかっ……た……」
　俺の答えを聞いた愛菜は口もとをほころばせる。
「じゃあ、もう少しだけ……おやす、み……」
『おはよう』に『おやすみ』。
　一日で愛菜からこの言葉を聞けるなんて、贅沢だな。
　ゆっくりになっていく愛菜の声を聞きながら、俺は幸せを噛みしめるのだった。

END

あとがき

　こんにちは、涙鳴です。このたびは『イケメン不良くんは、お嬢様を溺愛中。』を手に取ってくださり、ありがとうございます！

　この作品は私の初めてのピンクレーベルでの書籍になります。

　今まで応援してくださった読者様はびっくりしたんじゃないかな？と思っております（笑）。

　なにより、私自身が今作を書いていてとっても楽しかったです！

　皆様は楽しめていただけましたでしょうか？

　そうだったらいいな、と思います。

　さて、この作品は『守られてキュン』がテーマでした。

　私はクールな不良が大好きで、事件が起こるなか、命がけで守ってくれる男の子に憧れがありまして……。

　その願望を詰め込んだ作品となっております。

　あのシーンがよかった！と言ってもらえるように、できるだけ印象に残るようハラハラするような事件やドキドキできる胸キュンシーンも盛り込みました。

　ふたりが試練を乗り越えるたびに、心を通わせていく過程を見守っていただけたらうれしいです。

　また、今作に出てくる学と萌の番外編もサイトもしくは

なにかしらの形で公開したいと思っているので、お待ちいただければと思います。
　いつか、ディオや雅の話も書けたらいいなーと密かに思っているので、待っていただけたらと思います。

　最後になりますが、カバーイラストを担当してくださった雪森さくら先生。お忙しいなか、私の作品にお力添えいただき、本当にありがとうございました！
　また、この本に関わってくださったすべての皆様に感謝申し上げます。
　そしてなにより、この作品を最後まで読んでくださった読者様。またいつか、作品を通してお会いできる日を楽しみにしております。

　本当に本当に、ありがとうございました！

2019年11月25日　涙鳴

作・涙鳴（るいな）
千葉県出身、3月生まれのおひつじ座で、趣味は映画観賞。2016年『最後の世界がきみの笑顔でありますように。』でデビューし、『一番星のキミに恋するほどせつなくて。』、『おはよう、きみが好きです。』、『永遠なんてないこの世界で、きみと奇跡みたいな恋を。』（すべてスターツ出版刊）など著作多数。2017年8月には『フカミ喫茶店の謎解きアンティーク』で第2回スターツ出版文庫大賞ほっこり人情部門を受賞した。

絵・雪森さくら（ゆきもりさくら）
愛知県出身の漫画家兼イラストレーター。趣味はFF14。
著作に『微熱男子のおおせのまま』（講談社刊）などがある。

ファンレターのあて先

〒104-0031
東京都中央区京橋1-3-1
八重洲口大栄ビル7F

スターツ出版（株）書籍編集部 気付
涙鳴 先生

この物語はフィクションです。
実在の人物、団体等とは一切関係がありません。

イケメン不良くんは、お嬢様を溺愛中。

2019年11月25日　初版第1刷発行

著　者	涙鳴
	©Ruina 2019
発行人	菊地修一
デザイン	カバー　粟村佳苗（ナルティス）
	フォーマット　黒門ビリー＆フラミンゴスタジオ
ＤＴＰ	朝日メディアインターナショナル株式会社
編　集	黒田麻希
編集協力	ミケハラ編集室
発行所	スターツ出版株式会社
	〒104-0031 東京都中央区京橋1-3-1　八重洲口大栄ビル7F
	出版マーケティンググループ　TEL03-6202-0386
	（ご注文等に関するお問い合わせ）
	https://starts-pub.jp/
印刷所	共同印刷株式会社

Printed in Japan

乱丁・落丁などの不良品はお取り替えいたします。上記出版マーケティンググループまでお問い合わせください。
本書を無断で複写することは、著作権法により禁じられています。
定価はカバーに記載されています。

ISBN：978-4-8137-0798-1　C0193

読むたび何度でも恋をする…全力恋宣言!
毎月25日はケータイ小説文庫の日♥

心に沁みるピュアラブやキラキラの青春小説、
「野いちご」ならではの胸キュン小説など、注目作が続々登場!

ケータイ小説文庫　2019年11月発売

『イケメン不良くんはお嬢様を溺愛中。』 涙鳴・著

由緒ある政治家一家に生まれ、狙われることの多い愛菜のボディーガードとなったのは、恐れを知らないイケメンの剣斗。24時間生活を共にし、危機を乗り越えるうちに惹かれあう二人。想いを交わして恋人同士となっても新たな危険が…。サスペンスフル&ハートフルなドキドキが止まらない!
ISBN978-4-8137-0798-1
定価：本体590円+税　　　　　　　ピンクレーベル

『強引なイケメンに、なぜか独り占めされています。』 言ノ葉リン・著

高2の仁菜には天敵がいる。顔だけは極上にかっこいいけれど、仁菜にだけ意地悪なクラスメイト・桐生秋十だ。「君だけは好きにならない」そう思っていたのに、いつもピンチを助けてくれるのはなぜか秋十で…?　じれ甘なピュアラブ♡

ISBN978-4-8137-0799-8
定価：本体560円+税　　　　　　　ピンクレーベル

『クールな優等生の甘いイジワルから逃げられません!』 柊乃・著

はのんは、優等生な中島くんのヒミツの場面に出くわした。すると彼は口止めのため、席替えでわざと隣に来て、何かと構ってくるように。面倒がっていたけど、体調を気づかってもらったり、不良から守ってもらったりするうちに、段々と彼の本当の気持ち、そして自分の想いに気づいて……?
ISBN978-4-8137-0797-4
定価：本体590円+税　　　　　　　ピンクレーベル

書店店頭にご希望の本がない場合は、
書店にてご注文いただけます。